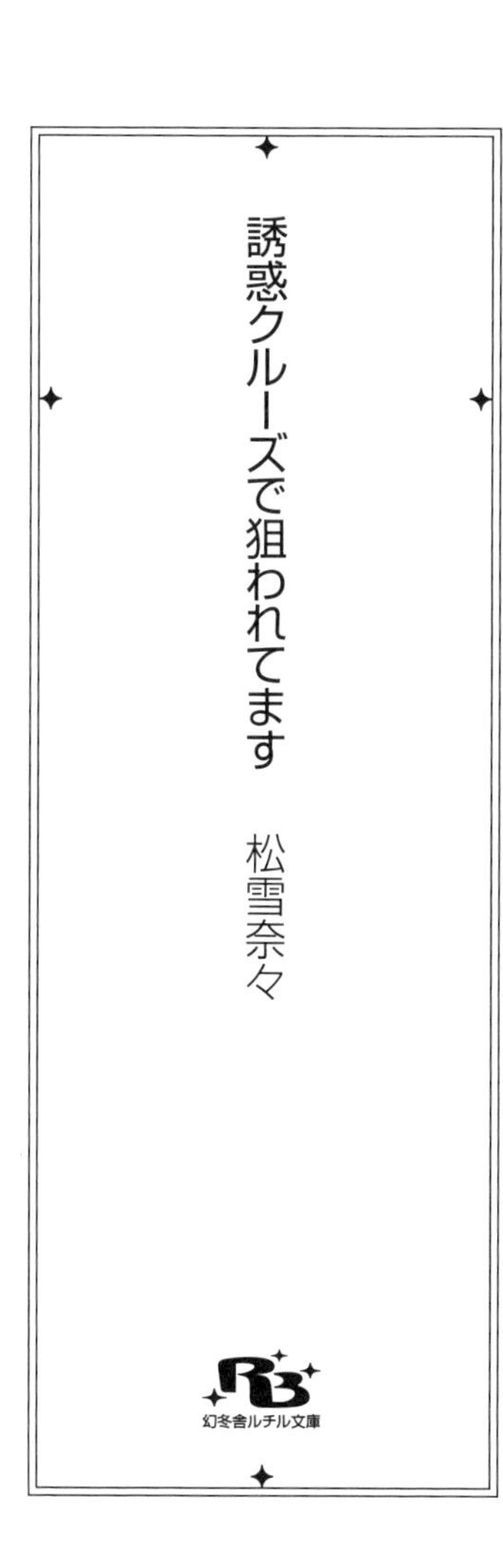
誘惑クルーズで狙われてます

松雪奈々

幻冬舎ルチル文庫

CONTENTS ✦目次✦ 誘惑クルーズで狙われてます

✦カバーデザイン＝久保宏夏（omochi design）
✦ブックデザイン＝まるか工房

イラスト・石田惠美✦

誘惑クルーズで狙われてます

一

トランクを抱えて港へ着くと、大型客船が接岸していた。

客船の名はデ・ヴィータ号。これから俺はこのクルーズ船で、七日間かけてティローネ海の島々を周遊することになっている。

乗船場を見ると多くの人でにぎわっており、盛装した紳士淑女がすでに乗り込みはじめている。急いで受付をしにターミナルへ行くと、待合席にすわっていたイケメン紳士がこちらに気づいて手を振りながら立ちあがった。

すらりとした長身、亜麻色の髪に栗色の瞳で、非常に整った華やかな顔立ち。目尻がやや垂れ気味で、そこが色っぽく、また彼の柔和な性格をよく表している。

彼の名はジェラルド・アイローラ。今年二十九歳で、俺より八つ年上の先輩であり、相棒でもある。常に笑顔を絶やさない人で、いまも俺を見てにこにこしている。

「リコ、おはよう」

そばまで行くと、とびきりにっこり微笑(ほほえ)まれた。おなじ男でもドキリとするほど魅力的な笑顔だ。

「おはようございます、ジェラルド。今日からよろしくお願いします！」

二十センチは上にある彼の顔を見あげて元気よくあいさつすると、すばやく肩を抱き寄せられた。そして困ったようにささやかれる。

「あのね、リコ。俺たちは恋人って設定なんだから。そのあいさつはおかしくないかな」

たしかに、いかにも仕事って雰囲気だったかも。どこで誰が俺たちの会話を聞いているかわからないんだから、気をつけないといけない。

「す、すみません」

恐縮して謝ると、彼の大きな手が俺の黒髪を優しく撫でた。

「いいよ。お互いがんばって、雰囲気だしていこう。じゃあ行こうか」

優しい言葉とともにウインクをされた。

はあ。ウインクも投げキスも、自然にできちゃうんだよね、この人。俺みたいなのがまねをしたら失笑ものだけど、彼がするとまったく嫌味に見えなくて、格好いいんだ。

見た目が格好いいだけじゃなく、中身も大人でスマートで、仕事もできる。当然、ものすごくモテる。でも彼と組んで仕事をするようになって三年、恋人がいるという話は聞いたことがない。なんでかなあと思いつつ、一緒に受付へむかう。彼が先に手続きをしているあいだ、なにげなく目をむけた先に窓ガラスがあり、そこに映る自分の姿を眺めた。

おとなしい性格をそのまま表したような、人の記憶に残らなそうな地味な童顔。しいて言えば焦げ茶色の、どんぐりみたいな丸い目が特徴的とも言えるけど、まあ、格好よくはない。おまけに小柄で、年相応に見られたことはいまだかつてない。ベージュの背広が似合わないなあと思う。子供が背伸びをして着ている感じだ。

となりに立つジェラルドは、焦げ茶色の背広が様になっている。この人はいつもの制服姿も格好いいけど、なにを着ても似合う。でも目立っちゃいけない任務なのに、格好よすぎて目立ちすぎだと思うんだけど、だいじょうぶかな。

今回、クルーズ船に乗るわけだけれども、目的は遊びじゃなくて仕事だ。

俺とジェラルドは国家憲兵の特殊師団員なんだ。特殊師団第三部隊に所属していて、主に港での輸出入の取り締まりをしているんだけど、最近、阿片(アヘン)などの禁止薬物が街に出まわっていて、どうやらクルーズ船で密輸されているようだというところまでわかったんだ。それで俺たちが客のふりをして乗船し、捜査をするよう上司から命じられた。

若い男ふたりで豪華客船の旅なんて密輸団に怪しまれるから、恋人同士という設定にしようと提案してきたのはジェラルドだ。

ジェラルドはこういった潜入捜査は過去に経験したことがあるそうだけど、俺は初めて。船旅も初めてだ。

正直、潜入捜査の緊張よりも、仕事を兼ねて観光旅行ができるという嬉(うれ)しさが勝っていて、

わくわくしている。

だって、船旅だよ。庶民の出自で金持ちでもない俺なんて、こんな機会でもなかったら一生船旅なんてできないよ。

受付をすませてターミナルを出ると、白く優美な船体が朝日を浴びて輝いていて、俺の胸は高鳴った。

空は晴れ、海も穏やかで、最高の船旅日和じゃないか。はあ〜、楽しみ。

「リコ、荷物持つよ」

乗下船口へむかいながらジェラルドが俺の手からトランクを奪った。もちろん彼も自分のトランクを持っている。

「え、あの、自分で持てますっ」

慌てて奪い返そうとしたけれど、彼は笑って先へ進む。

「遠慮しないで。頼りになる男だと、きみに思われたくてやってるだけだから」

これはたぶん、恋人のふりをしているからこんな言動をしているのだと思う。でもジェラルドは普段からけっこう、俺を子供扱いするというか、俺に対してこういうことをよくする。

小柄でいかにも非力そうな俺が重い荷物を持っていると、痛々しくて見ていられないんだとか言うんだけど、うーん。

優しさゆえだと思うんだけど、おなじ男としてちょっと複雑ではある。

俺は十八で国家憲兵に入団し、その一年目から今日までずっとジェラルドと組ませてもらっているんだけど、ほかの同期たちは、先輩の相棒にかなりこき使われてるんだよね。それを見ると、俺っていい先輩と組めて恵まれているなあと思うんだけど、恐縮するし、なんというか、もうちょっと男として認めてもらえないかなと思ったりもする。贅沢な話だけどね。

ジェラルドは俺が国家憲兵を目指すきっかけになった、憧れの人なんだ。そしてすごく有能で仕事のできる人だから、俺は心から尊敬しているし、すこしでも認められるようになりたい。

対等な相棒になるのは、まだまだ勉強不足だし経験値が足りなくて無理だけど、でもせめて足手まといにはならないようにがんばりたい。

「まず、荷物を部屋に置きに行こう。一番安い部屋だから、下のほうだね」

「はい。あの、荷物を。やっぱり自分で——」

乗船し、廊下を歩きながら、俺は再び自分のトランクを奪還しようと手を伸ばしたんだけれど、すぐ手前に階段があることに気づかなかった。

「うわっ」

足を踏みはずし、後頭部をしたたかに打った。それきり、俺は意識を失った。

二

長い夢を見た。

尋常でない量の夢だ。

目が覚めると見覚えのない場所のベッドで寝ており、これも夢なのかと混乱した。

「リコ。具合はどう」

声のほうへ目をむけるとジェラルドが枕元にすわっていて、心配そうに見下ろしている。

「ジェラルド……」

ジェラルド？

ジェ……ラルド……？

彼を認識したとたん、先ほどまで見ていた膨大な夢の断片が頭の中で高速再生され、ぎょっとして飛び起きた。

「ジェ、ジェラルドオオオッ？」

室内を見まわすと、窓のない薄暗い部屋で、ダブルサイズのベッドが一台と、椅子(いす)が二脚。

それからちいさな鏡台があった。転びそうになりながら急いで鏡台の前に立ち、自分の顔を確認する。

「リコ……」

そうだ。俺はリコだ。

リコになってしまったんだ……。

「どうした。だいじょうぶかい」

呆然（ぼうぜん）としていると、ジェラルドに声をかけられた。ハッとして振り返る。

「もしかして、ここって船の中ですかっ？」

「そうだよ。俺たちの部屋だ」

「ま、まさかもう出航……」

「うん。すこし前に出航して、出航セレモニーが終わったところだよ」

うわあああああっ！

なんてこった！

俺は頭を抱えてその場にしゃがみ込んだ。出航セレモニーは出航時にはじまり、出航後も船上で続く。それが終わったということは、船はすでに港から遠く離れた海の上だ。

「リコ？」

ジェラルドが血相を変えて俺の横に跪（ひざまず）き、様子を窺（うかが）ってくる。

「どうした。頭が痛い？　それとも吐きそう？」

「す、すみません。ちょっと、頭が痛くて。気分も悪くて」

「ベッドに戻って休んだほうがいい。立てる？」

「はい」

俺がベッドに横になると、ジェラルドが濡(ぬ)らしたタオルを持ってきてくれて、俺の額(ひたい)にのせてくれた。

「きみが気を失っているあいだに船内の医師に診察してもらった。目を覚まさなければ下船するつもりだったんだけど、診察中に出航してしまってね。医師は問題ないと言っていたけど、もういちど診てもらったほうがよさそうだね」

「いえ、だいじょうぶです！」

俺は光の速さで首を振り、提案を拒んだ。本当は痛みはない。混乱し、動揺しているだけだ。

「ええと、静かに横になっていれば治ると思いますから」

「そうか」

「すみません」

「謝ることじゃない。ひとりのほうが静かに休めるだろうから、俺はしばらくデッキにあがっているよ。だいじょうぶ？」

「はい……あ、でも」

頷（うなず）きかけて、俺はある可能性に気づいて急激に不安になった。

「できれば早めに戻ってきていただけると、心強いです……」

「じゃあ一時間で戻ってこようか。それでいいかな」

「はい」

にこりと笑ってジェラルドが部屋から出ていく。それを見送った俺は、動揺のあまりベッドの上でのたうちまわり、呻（うめ）き声をあげつつ、夢の内容を思い返した。

正確には夢ではない。前世の記憶だ。

どうやら俺は、頭を打った拍子に前世の記憶をとり戻してしまったらしい。

前世の俺は、日本で暮らす平凡な男だった。ゲームオタクでゲームのシナリオライターになりたくて、高校を卒業したあと専門学校へ行った。そこで作ったシナリオがゲーム会社の目に留まり、依頼をいただいた。

俺が専門学校で作ったのは正統派ＲＰＧだったんだけれど、依頼はなぜかＢＬもの。でも報酬がよかったし、なにより断れる立場じゃないから、がんばってＢＬの研究をして書きあげた。そしてそのゲームが発売されて間もなく、俺は餅をのどに詰まらせて死んだ。

さて。問題はここからだ。

俺がいま生きているこの世界は、俺が作ったそのＢＬゲームの世界ということで間違いない。どうか間違いであってほしいけれど、間違いじゃない。だって書いたのは俺だ。初仕事だったから覚えている。間違えようがない。

ゲームの主人公は俺、リコ。

舞台は二十世紀初頭のヨーロッパ風世界で、戦争はしていない世界設定。密輸捜査のためにリコとジェラルドがクルーズ船に乗り込んだところからゲームがはじまる。攻略対象はマフィアのボス、船長、ジェラルドの三人。そのほかにモブルートもある。

ゲームの趣旨は甘い恋愛じゃない。暴行、ＳＭ、監禁、スカトロ、輪姦などの凌辱要素を多分に含んでいて、そういうプレイがメインのダークなゲームなんだ。

主人公のリコは、もう容赦なく、めちゃくちゃにされる。マフィアのボス、船長、モブルートでは生きて帰れない。死ぬまで監禁されてひどい目にあわされるんだ。当然捜査も失敗に終わる。

誰だよこんなハードなゲーム作ったの——って、俺だけどさ……。

乗船したということはゲームがはじまってしまったということで、もう逃げられない。海に飛び込んで逃げようとしたって、かならず誰かに捕まって凌辱される。

このゲームには、誰にも犯されずに無事に帰還するルートは存在しない。

こういうストーリーで書いてほしいって依頼されて書いただけなので、俺は凌辱なんて趣味じゃないし、ゲイでもないんだけど……。

ううう。なんで俺が主人公なんだ……。

どうあがいても逃げられないことは、俺が誰よりも知っている。ああ、もうすぐ凌辱の限りをしつくされた末に死ぬのか……。

と、絶望しかけたけれど、希望があることを思いだした。

貞操を守り抜くことは不可能だけど、ジェラルドルートだけはうまくいけば帰還することができるはず。密輸捜査が成功するルートを作らなきゃいけなかったからね。

ジェラルドと告白しあって、毎晩セックスする。SMプレイもない、ノーマルなセックスだったはずだ。そして任務終了後に破局する。

凌辱を求めるゲーマーからしたらそういうプレイがなくてつまらないし、くっついたと見せかけて最後には破局するからゲーム的にはバッドエンドなわけだけれど、いまの俺には唯一の希望の光だ。

つまり俺の選択肢は一択。生きて帰りたかったら、一番マシなジェラルドルートを選ぶしかない。

そこまで考えて、俺は再び頭を抱えた。

ということは俺、ジェラルドに抱かれるのか……。

たしか、今夜告白しあって両想いになり、そのままなし崩しにセックスするんだったと思う。

ジェラルドはずっと憧れの先輩で、尊敬しているし格好いいと思う。でもそういう目で彼を見たことってないし。彼の裸を見たって劣情なんて湧かないし。前世もいまも童貞で、つきあった経験もないけど、好きなのは女の子だし。

なのに、彼に好きだと言うのか……。

それしかないとわかっていても覚悟は決まらず、ベッドの上で頭を抱えてうんうん唸ってい
いると、一時間経ったようでジェラルドが帰ってきた。

「どう？　すこしは楽になった？」

俺は身を起こした。

「ええ。でも、まだぼんやりしている感じがします」

頭痛はないし、ぼんやりしているわけでもないけれど、動揺が収まらないのでそう言った。

「ちょっと見せてごらん」

ジェラルドがベッドに腰かけ、俺の頭に手を伸ばす。

「傷はない、よね……瘤もできてない……」

髪をかき分けられ、指の腹で優しく後頭部を撫でられる。

そういえば俺、上着を着ていない。気を失っているあいだに彼が脱がしてくれたんだろう。

ふつう、ただの後輩をここまで気遣ったりしない。本当に優しい先輩だ——と思いかけて、
気づいた。ジェラルドは俺のことが好きなんだった。今夜、告白しあって両想いになるとい
うことは、そういうことだ。

それを認識したら、よけい動揺が収まらなくなった。

「今日は仕事のことは忘れて、休んだほうがいいかもね。もうすこし寝ているといい」

「ジェラルドはどうするんですか」

「船内をうろついて、乗客の様子を見てこようかな。昼前には戻るよ」

ジェラルドが立ちあがろうとする。俺はその腕を摑んで引きとめた。

「あ、あの」

ひとりきりになるのは怖かった。

部屋に鍵をかけていても、船長もマフィアのボスも、鍵を開けて入ってくるのだ。ジェラルドルートが確定するまでは、ジェラルドから離れるべきではない。

「そばにいてください……っ」

とっさにそう言ったら、彼の栗色の瞳が驚いたように見開かれた。

その反応を見て、俺は自分の発言の大胆さと図々しさに気づき、慌てた。

「あ、あの、なんだかひとりだと不安というか、心細くなっちゃって。急にすみません。でもあれですよね。その、やっぱり俺も、一緒に行きます」

ジェラルドはひと呼吸ほど黙って俺を見つめ、ふたたびベッドに腰をおろした。

「いや。行くのはやめる。だからきみも、休んでいるといい」

「でも。窓もないこの部屋にいても退屈でしょうし……」

彼がにこりと微笑む。

「こんなこともあろうかと、読みかけの本を持ってきたんだ。だからだいじょうぶ」

ジェラルドの手が、彼の腕を引きとめている俺の手に重なる。必死なあまり渾身の力で摑んでいたことに気づき、慌てて手を離した。

「す、すみません。痛かったですよね」

「いや。痛くないし、頼ってくれてるんだなあってわかって、嬉しかったよ」

ジェラルドはにこにこして俺の頭を撫でる。

こういうのって、いままでは子供扱いされているんだと思っていたけど、そうじゃなくて、俺が好きだからってことなのかな……。

文句を言うと、べつに子供扱いしているわけじゃないっていつも言いわけされていたし。

昨日までの俺ならば「もう、子供扱いしないでくださいよ」と言って膨れてみせるところだけど、気づいてしまったあとでは、どう返せばいいのかわからなくなった。

俺、モテないからさ。自分に好意を抱いている人と接したことってないんだ。慣れてないから落ち着かなくて挙動不審になりそうだ。彼の気持ちにはまだ気づいていないふりをしなきゃいけないのに、俺って考えていることが顔に出やすいし、すぐ赤くなるから、こういう状況ってすごく困る。

戸惑っているうちに彼はベッドから離れてトランクから本をとりだし、椅子にすわって読みだした。

いくら任務とはいえ、ジェラルドだって多少は船旅を楽しみに思う気持ちがあったはずだ。それなのに景色を眺めることもできず、部屋に閉じ込めることになって申しわけないと思いつつ、俺は尿意を催し、トイレへむかった。

部屋はビジネスホテルのダブルルームを狭くした感じで、出入り口を入ってすぐ横にクローゼット、そのむかいにシャワー室がある。洗面台とトイレもついている。

二十世紀初頭の客船、それも一番安い部屋でこの仕様はありえないと思うんだけど、でもエッチなことをするのに水場は室内にあったほうがいいよねというゲーム制作側のご都合主義により、船の装備は現代仕様になっている。

設定をゆがめてまでセックスする環境を整えられている。部屋にまで追い込まれているよ俺。

用をすませるとベッドへ戻り、横になった。

昼食はジェラルドがルームサービスでサンドウィッチを頼んでくれた。食欲はなかったけれど、ひと切れだけいただき、また横になる。

「飲み物はいい？　気分が悪くなったら言うんだよ」

ジェラルドがまめに気遣ってくれる。この人はいつもこう。優しいんだ。

思えばいつも、彼は俺に対して特別親切だった。

よく食事に誘ってくれたり、どこかに出かけたときには俺にだけちょっとしたお土産(みやげ)を買ってきてくれたり、俺が厄介な仕事を押しつけられたときには徹夜でつきあってくれたこともあった。常に気配りの声かけは欠かさないし、俺がミスして落ち込んでいるときには親身になって話を聞いてくれて。

それは俺が経験の浅い後輩で、相棒だからだと思っていた。でももしかしたら、それだけが理由じゃなかったのかな……。

あ、なんか、顔が赤くなりそう。

ジェラルドを見ると、食後の片づけをすませて読書をしている。彼のすわっている椅子は木製で、座面も堅そうだ。自分はベッドに横になってくつろいでいるのに先輩には木の椅子にすわらせるのは、さすがに気が引けた。

「ジェラルド。その椅子、疲れますよね。よかったらこっちに来ませんか」

ジェラルドが戸惑った顔をした。

「きみのとなり……？」

俺は変なことは言っていないはず。でも彼の気持ちや抱かれることを考えていたから、色っぽい誘いでもしているような妙な気分になる。

彼の戸惑いの理由も、以前ならばわからなかっただろうけど、いまはわかってしまう。

好きな子とダブルベッドなんて、意識するなというほうが難しいよね……。

なんだか恥ずかしくなって、耳が赤くなる。でも堅い椅子にすわらせ続けるのも悪いし。

変なことじゃないんだと言い聞かせて、いつもの表情で続ける。

「嫌じゃなければ、ですけど」

「嫌じゃないよ。でもきみが休めないだろう」

「そんなことないです。だいじょうぶですよ」

ジェラルドがベッドの空いているスペースを見る。

「……いや。でも、やめとく。ありがとう」

申しわけないとは思うけど、彼の気持ちを思うとそれ以上勧めることもできない。具合が悪いはずの俺が椅子に移ると言いだすのも変だし。その後も彼は椅子で読書を続け、俺はベッドで悶々（もんもん）とした。

これからの数日間を思うと、動揺が収まらない。覚悟しなければと理性では思うのだけれど簡単には受け入れられないし、前世の記憶を整理するのにも時間がかかる。そうして休んでいるように見えて、脳は必死に働かせているうちに夕方になった。

「夕食はどうする。食べられそう？」

本を閉じたジェラルドに訊（き）かれ、俺は起きあがって頷いた。

「はい。食堂まで行きます」

腹が空（す）いたというより、酒を飲みたかった。これはもう、飲むしかない。酒の力を借りなきゃやってられない。

上着を着て部屋を出る。食堂までの道のりは、ジェラルドの横にぴったりと寄り添うように歩いていった。

いつどこで誰に拉致されるかわからないから怖いんだ。

ここはゲームの世界のはずだけど、ゲームのシナリオと一字一句違わない言動をするわけでもないらしい。だって俺が階段で足を踏みはずして気を失うなんて場面は、シナリオにはなかった。乗船してから夕方まで部屋に閉じこもっていたのもそう。シナリオでは船内をあちこち探索していたはずなんだ。

ということは攻略対象者たちも予想外の行動を起こすかもしれないというわけで、油断できない。

食堂に近づくにつれ、人が増えてきた。はぐれないようにジェラルドに寄り添う。

「ねえリコ。なんだか距離が近いように感じるのは、具合が悪いせい？　それとも恋人だから？」

怖いせいです、とは言えない。俺はちょっとためらってから言った。

「……恋人だからです」

赤くなって答えると、ジェラルドが楽しそうに微笑んだ。

「よかった」

さりげない仕草で頭にくちづけられる。

周りに人がいるのにおかまいなし、というか、あえて見せているんだろうな。

こういう仕草を照れもせずにスマートにできるって、すごいなあと感心するよ。

「ふふ。リコ、照れてる。可愛い」

このセリフはたぶん、恋人設定だから言っているんだと思う。でも彼の本心でもあるのかもなあと思うと恥ずかしくなってますます赤くなってしまう。

そういえば、ジェラルドルートに入るのってどうすればいいんだろう。ゲームみたいに、分岐点でモニターに選択肢が出るわけじゃないから難しい。とりあえずほかの攻略対象者の誘いは無視し、好感度を上げるためにジェラルドへ積極的にアプローチしていけばいいのかな。

よし。恥ずかしがってる場合じゃないぞ。恥を捨てて勇気をだせ。

俺は前方へ目をむけたまま、すぐ横にある彼の手をそっと握った。俺よりも大きな手。

「………」

彼が俺を見下ろす気配を感じる。

うう、顔から火が出る。どう思われているだろう。ちょっと驚かれている感じはする。

恋人設定だからという言いわけはあるけれど、この場合、それだけではないと受けとめてもらわないといけない。

好意があると受けとめてもらうつもりで行動したけれど、でもそう受けとめてもらいたくないような。ぐるぐる考えていると、手をぎゅっと握り返された。

う、うわ……。

「あ、あの……これは、その、恋人設定なので……」

沈黙に耐え切れず、結局言いわけしてしまった。

「うん」

苦笑まじりの返事。これはどう受けとめられたんだろうか。

そのまま進んでいくと、食堂の入り口に料理長らしき男性が立ち、客を出迎えているのが目に入った。そしてその横には見覚えのある男も並んでいた。自己紹介なんてされなくてもわかる。船長だ。

うわ、なんでいるんだよ……。

攻略対象者なので当然イケメンで、冷たそうな風貌をしている。いかにも残忍なプレイが好きそうな感じ。ひと言で言うと、ただのクレイジーな変態だ。

ゲームでは出航セレモニーのときに会話をすることになっていた。ここに立っているなんて設定もなかったはずなんだけど。どうしても接触は避けられないのか。

あの男に目をつけられたら最後だ。

怖くて心臓がバクバクしだす。

緊張しながら近づいていくと、目があった。獲物を見つけたヘビみたいな目つき。

俺のほうは、ヘビに睨まれたカエルの気分だ。

そのまま通り過ぎようとしたんだけれど、呼びとめられた。

「失礼、お客様」

ジェラルドも立ちどまる。でも船長は俺しか見ていない。ああ、ロックオンされてる……。

「お客様、出航セレモニーのときにお見掛けしていないように思うのですが。ごあいさつをさせていただいてもよろしいでしょうか」

嫌だとも言えずに黙っていると、船長が勝手に自己紹介しだした。

「私はこのデ・ヴィータ号の船長、ポルフィリオ・タロッツィと申します。差し支えなければお客様のお名前をお伺いしたいのですが」

俺は偽名を名乗った。船長が口角をあげる。

「なにかございましたら、ご遠慮なくお申しつけください」

会釈をしてそそくさと通り過ぎる。ああ、怖かった……。

手が汗ばんでしまったので、ジェラルドの手を離す。

「あの船長」

ジェラルドが険しい顔をしてつぶやく。

「なんというか……。きみはああいう感じの男に目をつけられやすい感じがする。違う？」

ええ。ご明察です。

俺って地味顔だけど、ゲームの設定では男を誘う色気がある人物ってことになっていたのをいま思いだした。なんだよその謎のご都合設定はと過去の自分に詰め寄りたい気分だ。

女の子にはモテないけど、男には、多少声をかけられたことはあったんだよね。それって童顔のせいだと思っていたんだけど、その設定が影響しているのかもなあ。

店内へ入ると今度はウェイターに声をかけられた。慣れた様子でジェラルドが対応してくれる。

気持ちを切り替え、ウェイターに案内されて席につく。食堂内はシャンデリアがふんだんに下がってきらびやかで、高級感に溢れている。周りのテーブルで食事をしているのも、いかにも富裕層っぽい紳士淑女ばかりだ。普段の俺の生活からすると、完全に別世界で気持ちがふわふわする。

食前酒が運ばれてきて乾杯する。

「すみませんでした。今日一日潰してしまって」

「一日は終わっていないよ。まだこれからさ」

ジェラルドが微笑む。

うん。今日の本番はこれから、なんだよね……。

うう。緊張する。

「なんか、緊張してる？」

「はい。ええと、こういうところは初めてなので」

緊張している理由の大半はべつのことだけれど、まあ嘘ではない。

「そうか。リコとももう三年のつきあいになるけど、こういうきちんとしたところで一緒に食事をするのって、初めてだよね」

「そうですね。いつもは職場の食堂だったり、大衆居酒屋だったりですものね。正装しないと入れない店なんて、入ったことないです。ジェラルドはよく利用するんですか」

ジェラルドは男爵(だんしゃく)家の出自だ。嫡子ではなく次男だから気軽に恋を楽しめる立場であり、自分のような庶民と違って上流階級の人だから、高級店に恋人と行くこともあるだろう。そう思ったのだけれど、彼は首を振った。

「いや。昔は利用したこともあるけれど、もう何年もないね」

「そうなんですか」

「うん。一緒に行ってくれる人がいない」

「また、そんな。ジェラルドがモテることぐらい、俺だって知ってますよ」

「モテないよ。もう何年も、片想い中だよ」

さらりと告げられて、一瞬言葉に詰まった。

「……。ジェラルドが、片想いなんてしてるんですか」

「そう。難攻不落の相手なんだ」

「……相手は、ジェラルドの気持ちをご存じなんですか」

「いや、まったく気づいていないね。どう見ても脈なしだから、告白する気にもなれないんだけど、でも、好きなんだ。諦めることもできなくて」

「……それって、いつから……」

「そうだねえ。かれこれ三年ぐらいになるかなあ」

あの……。

それってどう考えても、俺のことですよね……。

昨日までの俺だったら、そんな話をされてもまったく気づくことはなかっただろうけど……。

どんな反応したらいいんだこれ。訊いた俺も俺だけどさ。

どういうつもりでジェラルドは俺にそんな話を聞かせてるんだろう。俺の反応を見てるというよりも、どうせ伝わらないと思って油断してる感じかな。のほほんと喋ってるもんね。

「……そんなに、真剣に想っている方がいらっしゃるんですね」

「うん。とても大事に想ってる」

そう言う彼の表情がとても優しくて、本当に俺のことを真剣に想ってくれていることが伝わってくる。

なんかもう、いたたまれないよ……。

「そういうリコはどうなの。まだ、好きな人はいない？」

何か月前だったかな。話の流れで、恋人も好きな人もいないって話したことがあったんだよね。

いまもそうなんだけど、でも俺、このあとジェラルドに告白するんだよね。

じゃあ、いるって言うべきなのかな……？

でもそうしたら、相手は誰ってことになって、告白することになるよね。それはまだ酒が足りない。

「ええと……あはは」

変に間が空いたあと、ごまかすつもりで笑った。するとそれを見たジェラルドが、驚いたように真顔になった。

あ、あれ？

「……誰。俺の知ってるやつ？」

いつもの穏やかな彼と違い、ひどく真剣なまなざし。

「リコ。教えて」

「え、いや、あの」

どうやら肯定と受けとめられてしまったらしい。ど、どうしよう。

「ええと、あ、わあ、おいしそう。食べましょう」

前菜が運ばれてきて、俺は無理やり話を打ち切った。

視線を避けるようにうつむいて、ナイフとフォークを使う。額に彼のもの言いたげな視線をひしひしと感じたけれど、気づかぬふりをしていたら、諦めたように彼も食事をはじめた。

それからはしばらく会話がなかった。

次々に料理が運ばれてくるけれど、食後のことを思うと喉を通らず、料理にはほとんど手をつけずに酒ばかりを飲んだ。

そしてフルコースを食べ終えると、ジェラルドに促されて席を立った。

このまま部屋へ戻るのかと思うと、まだ酔い足りない。もっと酔わないと抱かれるなんて無理だ。好感度アップのアプローチも足りない気がする。

「あの、ジェラルド」

俺はとなりを歩く彼を見あげた。

「もうすこし飲みたいんですけど、つきあってもらえませんか」

「いいけど、めずらしいね。食事中もけっこう飲んでたのに」

「そういう気分というか……だめですか」

「いいよ。俺も飲みたい気分だった」

船内には酒が飲める場所がいくつもあるのだけど、ジェラルドが連れていってくれたのはデッキにあるカウンターバーだった。

船上で夜風を浴び、夜の海を眺めながら酒を飲むなんて、日常では味わえない貴重で贅沢な体験だというのに、俺はそれを堪能(たんのう)する余裕もなく、早いペースでリキュールを何杯も飲んだ。周辺諸国では禁酒法が流行っていて、禁酒令を実施していない我が国でもあまり酒を飲まないのが近ごろの流行りなんだけれど、そんなことはいまの俺には関係ない。相当酔いがまわってきて、よし、これならいける、と思った俺は、勢いに任せてとなりにすわるジェラルドの肩にもたれかかってみた。

「……リコ？」

彼が戸惑うように俺を見る。

好きな子にもたれかかられて、ドキッとしない男はいないだろう。触れている彼の身体が熱くて、俺も熱が上がりそうだ。酔っていても恥ずかしくてドキドキしてきた。

「………………」

互いに沈黙し、緊張した空気が漂う。

ええと、なにか言ったほうがいいんだろうか。でもなにを喋ればいい？　いきなり、今夜抱いてとか好きだとか言いだすのはおかしいと俺でもわかる。好感度が充分に上がる前に告白したって上手くいかないのは、ゲームも現実世界も一緒だ。と言って、経験値が絶対的に足りないから、ちょうどよいセリフがわからない。こんなときに上手い言葉がスラスラ出てくるようなら童貞なんてやってないんだチクショウ。

いや、諦めるな俺。前世でシナリオを書くためにＢＬの勉強をしただろう。思いだせ。天然小悪魔系受けが言いがちなセリフがあっただろう。

なにか言おうと息を吸い込んだとき、彼の香りを感じた。石鹸(せっけん)の香りに、男っぽい香りがかすかに混じっている。

「ジェラルドって……いい香りがしますね……落ち着く……」

気づいたら、思ったことをそのまま口にしていた。

ジェラルドが息をとめた。

「なに、言ってるの、リコ……」

動揺している感じだ。いつもより、やや低い声。彼の動揺が伝わってこちらもよけいドキドキしてしまう。

「声も、落ち着く……いい声、ですよね」

そういえば天然小悪魔系受けが相手の声のこともよく言いがちだったかもしれないと思いだし、言ってみた。実際、ジェラルドは低くて艶(つや)のある、いい声をしている。ゲームの声優さんとおなじ声だから当然だ。

ジェラルドが、ごくりと唾(つば)を飲む音が聞こえた。そして背に腕をまわされた。うわ。なにをされるかと思ったら、彼が俺を抱えたまま、ガタンと音を立てて立ちあがった。

「リコ、酔いすぎだ。そろそろ部屋へ戻ろう」

「あ……はい」

「いったいどうしたんだ。きみがこんなに飲むなんて」

抱きかかえられるようにして歩きだす。そのとき、デッキの手すりにもたれかかってこちらを見ている男に気づいた。

ちょうど進行方向にいるのだが、陰になっていて顔はよく見えない。しかし近づいていくと、見覚えのある人物であることに気づいた。身体が震える。

もうひとりの攻略対象者。マフィアのボスだ。上質なスーツを着ており、髪もきっちり撫でつけてスマートな風貌。けれども堅気ではないオーラが全身から滲み出ている。

「よお。だいぶ飲んだな、ぼうや」

からかうように声をかけられ、ぞわりと背筋に寒気が走った。

一気に酔いが醒めるような気分だ。

「その男が今夜の相手かい」

からかいを無視して、俺たちは無言で通り過ぎる。

ジェラルドがいるためか、それ以上絡まれることはなかった。

ジェラルドと上手くいかなかったら、いまのマフィアに凌辱されることになる。あるいは船長か、それともほかの誰かか。

どんな凌辱をされるのか、俺はシナリオを書いた本人なのでだいたい想像がついてしまい、ぞっとする。考えただけでもとてつもなく恐ろしい。

凌辱の末に死ぬなんて絶対に嫌だ。

だからそれを避けるには、ジェラルドに抱かれるしかないんだ。

がんばれ俺。

覚悟を決めろ。

だいぶ酔ったたし、この勢いでなにも考えずにいくんだ。

今日、何度も繰り返し思った覚悟を改めて思い返し、部屋へ戻る。

他の攻略対象者は無視したし、バーではジェラルドにもたれかかったりもした。好感度は上がったんじゃないかな。どうかな。

「シャワーは——無理か。このまま寝てしまいなさい」

「だいじょうぶです。浴びます。でもお先にどうぞ」

俺をベッドまで連れていくと、ジェラルドはシャワーを浴びに行った。ベッドで待っているとシャワーの音が聞こえてきて、ドキドキしてくる。

出てきた彼はパジャマっぽいシャツとズボンに着替えていた。濡れた髪が色っぽい。交代でシャワー室へ入ろうとして彼とすれ違うと、湯あがりの石鹸の香りが漂ってきて、さらにドキドキした。

俺もシャワーを浴び、とくに下半身を念入りに洗った。

なにやってるんだろう俺。いやもうなにも考えるな。などと思いながら洗い終え、身体を拭こうとして、バスタオルがないことに気づいた。

「ジェラルド」

名を呼びながらシャワー室の扉を開けると、すぐ横にジェラルドが立っていた。ひどく酔っていたから、心配して待機していたようだ。

彼は全裸の俺を見て、動揺したように目をさまよわせた。

「……どうした」

「あの、すみませんがバスタオルをとっていただけませんか」

「ああ」

クローゼットから彼がだしてきたバスタオルを受けとって扉を閉め、手早く身体を拭くと、歯磨きをすませる。それからパンツをはき、シャツを羽織ってシャワー室を出た。

待機していたジェラルドは、俺の格好を見ると困ったように口元を手で覆い、目をそらした。

「リコ。シャツのボタン、閉めようか。それからズボンははかないのかい」

「それが、荷物をすこしでも減らそうと思って、パジャマは持ってこなかったんです。まさかダブルベッドとも思っていなかったから……すみません」

荷造りをしたのはジェラルドの気持ちを知らなかった頃の俺だ。こんな格好で誘惑するつもりは微塵もなく、本当にただ荷物を減らしたかっただけなんだ。

俺はおぼつかない足取りでふらふらとベッドのほうへ歩いていった。ジェラルドもやってきて、ベッドの手前で立ちどまり、ため息をつく。

「そうだよね……。まさかダブルベッドとはね。余分な経費をだせないのはわかるけど、ツインにしてほしかったな……」

今回の旅は任務なので、手続きをしたのもダブルの部屋を予約したのも事務方で、俺たちではない。

でもダブルベッドに決めたのは、前世の俺とも言えるけど。

「寝れないことはないけど、ちょっとあれですよね……」

ここからどうやって告白という流れになるんだったか。

シナリオを思いだそうとするが、酔っているうえに記憶が昔過ぎて、セリフの詳細までは思いだせなかった。

「俺がずっとベッドを使ってたんで、シーツがよれちゃっててすみません」

「いや、そんなことはいいんだけど」

「…………」

「…………」

しばし沈黙が落ちる。

男ふたりでダブルベッドを見つめて立ち尽くしていた。

俺はジェラルドがどう出るのか様子を窺いたかったし、彼は彼で、いろいろ葛藤があるんだろう。

沈黙を破ったのは俺だ。

「ええと。じゃあ、まあ、寝ましょうか。こうして眺めていても、ベッドが増えるわけでもないので」

俺がベッドにあがり、横たわると、ジェラルドが部屋の明かりを消し、ためらいながらとなりに横たわった。互いに背中合わせに寝る。それでもすこし足を動かすと彼の足にぶつかってしまう。

たぶん告白はジェラルドからだったと思う。いつ来るかとドキドキしながら待つが、なかなか話しかけられない。押し殺したため息が背後から何度も聞こえてくる。

おかしいな。好感度アップのアプローチが足りなかっただろうか。

そのうち眠気に襲われて、うっかりうとうとしかけた頃、背後で起きあがる気配がした。ベッドから降り、ズボンをはき替えているような音がする。どうしたんだろうと俺はそちらを振り返った。

「ジェラルド？」

「すまない。起こしたか」

「どうしました」

「うん。眠れないから、ちょっと外の空気を吸ってくる」

そう言って出入り口のほうへ歩いていく。

いや、ちょっと待ってくれ。

夜、ひとりにされるのは絶対にまずい。

ここでジェラルドがいなくなるのを許したら、ジェラルドルートを回避したということになり、ほかの誰かが部屋にやってくるだろう。冗談じゃない。

「ま、待ってください！」

俺は慌ててベッドから降り、歩いていく彼の背中に抱きついた。

「行かないで……！」

絶対に逃すものかと、しっかりと彼の胸へと腕をまわす。

「リコ……？」

「嫌です。行かないでください」

凌辱の恐怖が脳裏をよぎり、必死過ぎて涙声になった。

ジェラルドがうろたえたように身じろぎする。

「いや、でも……眠れそうにないから」

「嫌です」

「嫌と言われても」

「嫌です。部屋を出てどこへ行く気ですか」

「……ちょっと夜風に当たって、頭を冷やそうかと」

「頭を冷やすって、どうして」

「………」

返事はない。

「冷やさないでいいです。俺と一緒に寝てください」

「……困ったな。リコ、だいぶ酔ってるね」

「そんなことないです。一緒に寝てください。行かないでください」

それからしばらく駄々っ子のように嫌だ行くなと言い続けて背中に縋りついていたら、彼が困り果てたようにため息をついた。

「あのね。気を悪くしないでほしいんだけど、リコと寝ていると、ちょっと、気持ちを抑えられなくなるっていうか……その……」

いったん言葉を切り、悩まし気に頭をぐしゃっと掻いた。

「まいったな……。こんな状況で言いたくないんだけど……。俺はリコのことを大事に思っているから、泣かせたり傷つけたりするようなことはしたくないんだ。だから、ちょっと外へ行かせてくれないか」

「……お……、抑えなくて、いいです……」

俺は酒の力を借り、震える声で口にした。

「それで傷ついたり、泣いたりもしませんから……だから、お願いします」

「……え……」

ジェラルドがかすれた声でつぶやいた。そして俺の手を握る。

「それ、意味わかって言ってる……？」

「はい」

「酔ってる、よね？」

「酔ってますけど、わかってます」

「いや、ちょっと……、顔見せて」

「い、嫌です」

腕をほどかれそうになったけれど、俺は必死に抵抗した。恥ずかしくて顔なんて見られたくない。

「あのね。じゃあはっきり言うけど、俺はきみに手をだしたいんだ。もっとはっきり言うと、いやらしいことをしたくなる。でも我慢しようと思って出ていこうとしてるんだけど……ちゃんとわかってる？」

俺は彼の背中に額をこすりつけるようにして頷いた。

「……手、だしてください……。我慢、しないでください……」

ささやくような小声でそう言うと、今度こそ腕をほどかれた。そしてこちらを振り返った彼に肩をつかまれ、顔を覗（のぞ）き込まれる。

「それ、本気にするよ」

栗色の瞳が燃えるような熱を帯び、見つめてくる。俺は魅入られたような気分でちいさく頷いた。彼が大きく息を吸う。なにか、決意したようなまなざしになった。

ジェラルドが急に男の顔になった気がして、ちょっと怖い。

肩をつかむ彼の手に力がこもる。目をそらすことなくゆっくりと顔が近づいてくる。

普段ならばありえない距離。彼の視線がやや下がり、俺の唇を見る。これってキスされるんだと気づいたら、思わず身体を引きそうになったけど、奥歯を噛みしめて耐え、目を伏せたら唇を重ねられた。

俺にとってファーストキスだ。想像よりもずっと柔らかい感触に驚いた。緊張して身体をこわばらせていると、唇が離れ、至近距離から見つめられる。

「ベッドに戻ってもいい……？」

頷くと、手を繋いで引き返した。

ベッドにあがるなり、再びキスをされる。また、唇が触れるだけのキス。心臓がどきどきする。

「そんなに硬くならないでほしいんだけど。怖がられてるみたいで」

ちょっと困ったようなまなざしをむけられた。

俺はこれからすることを思うと身体ががちがちで、奥歯も噛みしめていた。

「すみません。緊張して」

「謝ることはないけど。もしかして……キスするの、初めて?」

言いたくないけど見栄を張ってもしかたないので、俺は赤くなって頷いた。

するとそれを見たジェラルドも、興奮したように頬を赤くし、喉を鳴らした。

「じゃあ……怖くないように、ゆっくりするから……。舌、だしてみて」

「し、舌ですか」

舌を見せるって、なんだか恥ずかしいんだけど……。

戸惑いながら口を開き、すこしだけ舌を覗かせると、ジェラルドの顔が近づいてきて、舌を舐(な)められた。驚いて引っ込めようとしたら彼の舌も追いかけてきて、深いキスになる。

舌の表面を舐められ、裏側もくすぐるように愛撫(あいぶ)され、優しく吸われる。

ひたすら優しいキスで、身体の緊張がほぐれていく。

あ、あれ……。

どうしよう……。

すごく……、気持ちいい、かも……。

「ん……ふ……、っ……」

男同士で、好きでもない相手とキスなんてできるか不安だった。けれど実際にしてみたら嫌悪感は湧かず、自然と受け入れられていた。そのうえすごく気持ちがよくて、勝手に甘い声が零れてしまう。

あれほど緊張し、こわばっていた身体から力が抜け、頭もぼんやりしてきた頃、キスを続けたまま彼の手が俺の身体をまさぐりはじめた。頬から耳を撫でられ、首から肩、そして胸元へと降りてくる。

「……っ」

彼の指が、乳首に触れた。びくりと身体が震える。

指先で摘まれ、捏ねまわされ、なんとも言えない感覚を覚えて、身体が逃げを打つ。

「あ、の……っ、そこ……っ」

「うん。ここ、感じる？」

「わ、かんな……、あ……」

うろたえて身を引いたら、そのまま押し倒された。そして乳首を口に含まれる。温かく、柔らかく湿った唇とぬるっとした舌の感触。

「ん、ぁ……っ」

初めての感覚に動揺する。ジェラルドが自分の上に覆いかぶさって、そんなところを舐めているということ自体にも動揺し、両手で顔を覆った。するとすぐにその手をはずされた。

「だめだよ。顔を見せてくれないと、ちゃんと気持ちよくなってるか、わからないよ」

唇にかるくキスを落とされ、耳朶を舐められる。そうされながら、下着の上から中心をさわれた。そこは、おとなしく眠った状態だ。

「……。まだ緊張してる？」

「は、はい。あと、その、酒を飲みすぎたから」

あれほど必死に引きとめて誘ったにもかかわらず反応してないなんて気まずくて、焦って言いわけする。

「たしかに、相当飲んでたしね」

下着を脱がされ、素手で握られた。やんわりと扱(しご)かれ、内心で声にならない悲鳴があがる。

自分以外の手で刺激されるのは初めてのことで、恥ずかしいやら気持ちいいやら、頭が爆発しそうだ。

おとなしかったそこも、刺激を受けたらさすがに硬くなってきた。

「ぁ……、ん……」

自慰とは違う快感に、気持ちは動揺しているのに身体は素直に反応し、全身が熱くなる。快感が下腹部に溜(た)まり、次第にそれしか考えられなくなる。彼の手淫(しゅいん)に導かれ、やがて限界が近づいてくる。

「っ……、もう……っ」

喘(あえ)ぐように訴えると、ジェラルドのもう一方の腕で身体を抱きしめられた。俺はその背に腕をまわし、必死にしがみつきながら絶頂を迎えた。

「――っ！」

彼の手と自分の腹を汚して熱を吐きだすと、解放感で頭が真っ白になる。ジェラルドが俺の唇や頬にキスを落とし、優しく頭を撫でてくれた。

次はいよいよ後ろで繋がるのか、と俺は身構えた。けれども彼は身体を離し、汚した腹をタオルで拭ってくれる。

あれ……？

いかにも後始末って感じなんだけど……。

「ちょっと、ごめん。先に寝てて」

ジェラルドは汚れたタオルを持ってベッドから降りようとする。

「え、あの。ジェラルドは……？」

「俺はいいよ。リコにたくさんさわれたし、可愛い姿を見せてもらったから」

「え、いや、でも」

いいって言われても、納得はできない。

我慢できなくて部屋から出ようとしていたくらいなのに、なにもせずに収まるとは思えない。それともやる気が萎えたのか。

「あの……俺じゃ、だめでしたか……？」

不安になって尋ねると、彼が心外とばかりに首を振った。

「まさか。そうじゃないよ」

「じゃあどうして……続き、してくれないんですか……」

きちんと抱いてもらいたかった。でないと、ちゃんとジェラルドルートに入れたかわからない。

縋るように見あげると、彼が困ったように言う。

「ああ、もう……そんなに可愛く誘惑するのはやめてくれ。理性がもたないから」

「理性なんて。だったら」

「だから、大事にしたいんだ。きみはキスも初めてだろう。いきなりそんなに進めて、怖がらせたくないから」

腰を浮かせ、立ちあがろうとする。俺はタックルするように彼の身体に抱きついて引きとめた。

「嫌です！」

ジェラルドを逃したら地獄が待っているんだ。必死にならずにはいられない。

手を伸ばし、彼の股間をズボンの上からさわる。硬くなっていることがはっきりとわかった。

「これ、どうするんです」

ジェラルドの目が泳ぐ。

「……トイレで」

俺がいるのに、自分でするというのか。我慢しなくていいと言ったのに。

俺は驚いて、まじまじと彼の顔を見つめた。それから必死に言い募る。

「大事に思ってくれるのは嬉しいです。でも、大事に思うなら、その……ちゃんと、抱いてください……お願い……」

「リコ」

「俺も男なんです。怖がったりしませんから」

ジェラルドは黙って俺を見つめ、静かに言った。

「今日のきみはだいぶ深酒しているだろう。その状態で、これ以上するのは抵抗がある」

好きな子がこれほど誘っているというのに、この自制心。大人の男だと思うし、それだけ俺のことを想ってくれているのが伝わって、ありがたいことだと思うんだけれど、いまは欲望に素直になっていただきたい。

たしかゲームでは、もっとジェラルドのほうが積極的だったはずなんだけどな。酒を飲みすぎたせいで引かれるとは誤算だった。

「じゃあ、さっきジェラルドが俺にしたみたいに、俺もあなたにするというのは？　それもだめですか」

最後までは無理でも、すこしでも先に進めたい。すくなくとも彼も俺で満足させないといけない気がする。しつこく言い募ると、ようやくジェラルドが折れてくれた。

「わかった。じゃあ、こうしよう」

ジェラルドは俺を横むきに寝かせると、その背後から俺を抱きしめるように横になった。

そしてズボンと下着を下ろして猛りをとりだすと、俺の太腿のあいだにそれを挟み込んだ。

すごく硬くて熱い。太腿に感じる質量から想像すると、相当大きい感じがする。

「あの。これって……？」

「うん。こうしてしたい。脚、閉じていてくれるかな」

ジェラルドが腰を動かす。それにより、太腿に挟んだ猛りが前後し、俺の雄まで刺激した。

「うそ……、ぁ……っ」

こんなの、俺のシナリオには絶対なかった。こんなやり方、童貞の俺には思いつかなかったもの。

「うん？　気持ちいい？」

恥ずかしく思いつつも素直に頷く。するとジェラルドに、嬉しそうに耳朶へくちづけられた。

まさかまた自分も気持ちよくされるとは思わなかった。そうされながら乳首を弄られ、うなじを吸われ、再び身体の熱が高まる。

「リコ……好きだ……」

耳元で、熱っぽい声にささやかれる。

好きだと言われてもおなじ気持ちを返せない。俺は胸の痛みを覚え、きつく目を瞑って耐えた。

　次第に彼の息遣いが荒くなり、腰遣いも激しくなってくる。俺も快感が増し、二度目の絶頂が見えてくる。

「リコ……っ」

　やがてジェラルドが俺の身体をきつく抱きしめながら達った。すこし遅れて俺も達く。

　解放感に満たされて、ぐったりと脱力していると、彼が息を整えながら俺の顔を覗き込んできた。目があうと、彼は照れたように微笑んで、キスをした。互いの息が落ち着くと、彼が汚れた身体をきれいに拭いてくれる。そしてまた、後ろから俺を抱きしめた。

「ジェラルド」

「うん？」

「もう今夜は、外に出るなんて言いませんよね」

「そりゃね」

「あの……それから」

　言っていいものかすこしためらう。迷った末、ちいさな声で言う。

「……朝までずっと、抱きしめていてくれませんか」

　恥じらう乙女のような物言いになってしまったことが恥ずかしい。恋心ゆえの発言ではないのだけれど、たぶんジェラルドはそう受けとめただろう。嬉しそうに俺の頬にくちづけた。

「いいよ」

最後までしていないけれど、ジェラルドとベッドにいる限り、ほかの誰かに襲われる心配はない。これで朝までは安心だと、俺はようやく緊張を緩め、そのまま眠りについた。

三

唇にキスをされた感触がして目覚めると、となりにいるジェラルドがにこにこして俺を見つめていた。

「おはよう」

その幸せそうな満面の笑みを見て、俺は昨夜のことを思いだした。

俺、この人とエッチなことをしたんだ……。

仕事の先輩で、相棒なのに。恥ずかしいことをたくさん言ったし、恥ずかしいところを見られて、さわられて……。

初めてのことずくめだった。好きな相手じゃないのに、さわられたらあれほど気持ちよくなれるなんて知らなかった。

昨夜のあれやこれやが瞬時に脳裏に浮かび、恥ずかしさのあまりどんな顔をしたらいいのかわからない。

「……おはよう、ございます」

「昨夜のこと、覚えてる？」

尋ねられて、俺は顔を赤くして頷いた。

「よかった」

ジェラルドが嬉しそうに俺の髪を撫でる。

「昨日はだいぶ酔ってたから、覚えてないって言われないか心配だったんだ」

恥ずかしすぎていっそ忘れたかったけれど、細部までしっかり覚えている。

ジェラルドが蕩けそうなまなざしで俺を見つめ続けている。甘い雰囲気に耐えきれず、俺は両手で顔を覆った。

「ちょっと、リコ。なんで顔を隠すの」

「……恥ずかしすぎて」

「見せてよ」

手を剝がされそうになり、俺は抵抗する。

「嫌です」

「また『嫌です』なの？　昨日から、そればっかり聞いてるな」

けっきょく手を剝がされ、至近距離から覗き込まれた。

すこしたれ目がちの、色気のある瞳に自分が映る。

「……正直、まだ信じられない。夢の中にいるみたいだよ」

彼が照れたように微笑む。

「俺ね、ずっとリコのことが好きだったんだ。三年前から恋に落ちてた」

ジェラルドの気持ちは昨日知ったけど、それまでまったく知らなかった。もしかしてと思うことすらなかったよ。

「ジェラルドが俺を、なんて……全然知りませんでした」

「うん。けっこうアピールしていたつもりなんだけどね。まったく相手にされてないなあと毎日落ち込んでたよ」

「す、すみません」

「謝ることじゃないよ」

ジェラルドが笑って俺の頭を撫でる。

「でも、だからこそ本当に、こうしてきみに触れられることが信じられないくらい嬉しくて」

「……どうして俺を。ジェラルドが恋に落ちる要素が自分にあるとは思えないんですけど」

どうしてもなにも、俺のシナリオがそう仕向けただけだろうとも思うんだけれど、でもこの世界で生きている人たちの思考がすべてゲームに支配されているわけではない。ゲームのルートはあくまでも未来の選択肢のひとつってだけだと思うので、訊きたくなった。

「うん？　そうだなあ。素直でまじめで、いつも地道に頑張ってる姿がいじらしくて。俺が仕事しやすいようにいつもさりげなくリストを作ってくれたりとか、そういうこまやかな気遣いがきゅんとしちゃうよね。すぐ赤くなっちゃうところとか褒めると照れたように笑う顔とかもう襲いたくなっちゃうし、ちょっと抜けてるところがあるけれど、そこがまた可愛くもあって。そう、それから、いつも控えめなのに言うべきところはしっかり言える。昨夜なんて、すごく積極的だったしね。あと細かいことを言うと、話すテンポとか、頷く間合いとか、視線のむけ方や仕草とか、そういうちょっとした全部が好ましいなあと思うんだ。もちろん見た目はどストレートで好みだし、あと」

「あの」

「両親想いのところとか、まだ二十一なのに浮ついてなくて考え方がしっかりしてるところとか、食べ方がきれいなところとか――ん、なに？」

「あの、もういいです」

「あ、そう？　リコの素敵なところ、まだいっぱい言いたいんだけど」

にこにこと優しい表情で語られてしまい、恥ずかしい。自分のことなんて訊くんじゃなかったと思ってしまった。

「俺にも聞かせて。きみは男に興味なかっただろう。いつから俺のことを意識するようになったんだい？」

う。

どうしよう。

昨日以前の俺はまったく彼のことを意識していなかったんだ。そこで嘘をついてもばれるだろうし、どう答えたらいい。

俺は考えた末、正直に言った。

「昨日、です」

彼に抱かれることを考え、意識したのは昨日だ。

「えっ。そうなの？」

「その……。夕食のときに、片想いしている人がいるって聞いて、それで……自覚して」

それらしいことを言ったら、ああ、とジェラルドが納得したように頷いた。

「たしかに言われてみれば、あのときはいつもと様子が違ったよね。好きな人はいるのか訊いたら、ぎこちない反応をして……あれって、俺のことを思ったってことかい？」

俺は頷いた。ジェラルドのことを考えていたから、まあ嘘じゃない。

「そうか。つい本人にむかって片想いの話なんかしちゃったけど、でもそのおかげで意識してもらえたなら、話してよかったなあ」

彼はにっこりしてそう言ったあと、ふと、心配そうに眉をひそめた。

「でも、まだ意識されたばかりってことだよね……。じゃあやっぱり、昨夜は早く進めすぎたか。いっぱいさわったりしたけど……後悔してない？」

「まさか。それは俺が頼んだんですから」

この様子だと、大事にしたいなどと言って今夜も最後まで抱いてくれないんじゃないだろうか。不安に駆られ、俺は言葉を続けた。

「あの。お願いがあるんです」

「なに？」

「今夜は……さ、最後まで……抱いてほしいな、って……」

恥ずかしいお願いをしている自覚は当然あり、最後のほうは尻すぼみになった。うう、顔から湯気が出そうだ。

ジェラルドが驚いたように息を吞み、それから興奮したように頬を染めた。

「……じゃあ、今日は酒を控えようか」

優しく、でも色気の滲んだ声で言われ、俺はますます顔を赤くしながら頷いた。

「リコ、可愛い……」

ジェラルドの整った顔が近づいてくる。キスの予感。

目を閉じると、唇が柔らかく重なった。かるく唇を吸われ、舌先が入ってくる。昨日学んだ要領でおずおずと舌を伸ばすと、彼のそれが絡んでくる。甘く優しく、蕩けるようなキス。

「ん……」

当然だけどもう酔いは醒めている。それでもやっぱり気持ちよくて吐息を漏らしたら、唇が離れていった。

「やばい。これ以上したら、ベッドから出られなくなる」

ジェラルドが困ったように笑う。

「今日はちゃんと仕事しないとね」

ジェラルドにさわられるのは嫌ではなかったし、部屋でふたりきりでいたほうが誰かに襲われる心配もないので、俺としてはこのままベッドにいたい気分なんだけど、さすがにそれは言えない。

一緒にベッドから起き、順番に顔を洗いに行き、服を着替える。支度がすんだら部屋を出てカフェへむかった。

船尾にあるカフェのデッキ席で朝食をとる。俺はカフェラテとビスケット。ジェラルドは砂糖をたっぷり入れたエスプレッソとオレンジ。この国では朝食はちょっとしか食べない。それも甘いものだけ。俺もここに生まれて二十一年も経つので、この食習慣にすっかり馴染(なじ)んでいる。

まだ朝早いので、デッキ席はほぼ貸し切り状態だ。

今日も空は快晴で、朝日が海にきらきらと反射していた。地中海っぽい雰囲気の青い空と海と、遠くに点在している島々の景色が美しく、それを眺めながらゆっくり朝食をとれるなんて、なんて贅沢なんだろう。

お金をためて、いつか田舎(いなか)の両親にも船旅をさせてやりたいなあ。

むかいにすわるジェラルドはくつろいだ様子で海を眺めながらエスプレッソを飲んでいて、映画のワンシーンみたいに格好いい。

優しい紳士で仕事もできてイケメンで家柄もよくて声もよくてって、改めて考えると完璧過ぎるよねこの人。欠点ないのかな。

ぼんやり眺めていると、視線に気づいた彼がこちらを見て、にこりと微笑んだ。

彼の笑顔は見慣れているはずなのに、ドキッとしてしまった。

あれ？

いや、格好いいから、いままでもドキッとすることはあったんだけど、これほど動揺するというか頬が熱くなるというか、こんなことはなかった気がする。なんでだろう。まなざしに甘さが増したような気がするんだけど、そのせいだろうか。

これじゃあまるで恋人設定じゃなくて本当に恋人同士みたいだ、と思ったけれど、いまの俺たちの関係は、本当にそうなったんだ。

ジェラルドは本当に俺のことが好きなんだよね……。

でも俺は……。

俺は彼にはっきり好きだと言ったわけじゃないけれど、昨日からの態度は、好きだと言っているようなものだ。でもじつは好きじゃないと彼が知ったら、どう思うだろう。

きっと、ものすごく傷つくだろう。

俺としてはこうするよりなかったんだけど、罪悪感で胸が痛む。

でもいまはそれを考えてもしかたがない。気持ちを切り替えるように仕事モードで彼に話しかける。

「今日はこれからどうしますか」

「まもなくバルトロメア島に着く。積み荷と人の出入りをチェックできる場所で過ごそう」

「はい」

「怪しまれないように、恋人らしくね」

「は、はい」

やがて船の進みが緩やかになり、オレンジ色の屋根が点在する小島の港に到着した。

いちど客室へ戻って帽子や財布などの荷物を持ち、ホールへ出るとたくさんの人が下船するために集まっていた。人の流れに沿ってゆっくりと歩き、乗下船口が近づいてくると徐々に周囲の人との距離が狭(せば)まってきて、満員電車のように肩が触れあうほどになってくる。すると、尻に誰かの手が触れた。

これだけ密集していれば、誰かの手がぶつかっても不自然ではない。初めはそう思ったのだけれど、いつまでたっても手は離れず、尻に触れ続けている。そのうち前方が詰まったので俺は立ちどまった。すると手は、明らかに尻を撫ではじめた。

これって……痴漢？

気づいたら、血が冷えたようにゾッとし、身体がこわばった。

たぶん手の主は、真後ろにぴったりとくっついている男だ。

俺は女の子じゃない。れっきとした男だ。それも国家憲兵なんて職についていて、非力ながら護身術も身につけている。それでも、こんな痴漢のようなことをされたらショックで頭も身体も動かなくなる。

ジェラルドは斜め前にいる。その彼を呼ぶのも、声が出ない。

どうしよう。

指が、俺の尻の割れ目をなぞる。気落ち悪い。

そのとき、ジェラルドがなにげなくこちらを振りむいた。

「リコ、階段が――どうした」

俺の表情を見て異変を察した彼は、すぐに事態に気づいたらしい。

俺の尻をさわる手を素早くつかんで捻りあげ、相手を睨んだ。俺も振りむいてみると、中年の男だ。

「なにをしている」

「わ、私は、なにも」

相手は気まずそうな顔をしている。

「あの、ジェラルド。騒ぐほどのことじゃないので行きましょう」

男なのに痴漢の標的になったなんて周囲に気づかれるのも恥ずかしいので、事を荒立ててほしくない。行列が進んだので、俺はジェラルドを促した。

彼は中年男をもう一度きつく睨むと手を離し、俺を守るように肩を引き寄せて歩きだした。

うう、気持ち悪かった……。

ちょっと尻をさわられたぐらいでビビっているようじゃ、凌辱なんてとても耐えられないよ。

「だいじょうぶかい」

「はい……気持ち悪かったですけど。ありがとうございました」

ジェラルドが小声でつぶやく。

「くそ……任務中じゃなかったら、現行犯逮捕してやるのに……」

彼はいつもの穏やかな微笑を消し、険しい顔をしている。なまじ顔が整っているから、そういう表情をしていると凄みが増す。

「ああいう時って、男でも声が出なくなるものですね……」

ジェラルドが助けてくれてよかったと心底思う。

しかし、痴漢にあうなんて、まだジェラルドルートに完全に入ってないのかな。やっぱり今夜は最後までしっかり抱かれないと。

ダメージを引きずりつつ乗下船口を出て、栈橋(さんばし)に移る。そのとき、大きな荷物を抱えた乗組員が慌てた様子で後ろから走ってきたんだけれど、俺が目に入っていなかったようで、思いきり突き飛ばされた。

「うわ」

「リコ！」

ジェラルドがとっさに手を伸ばしたが間にあわず、俺は海に落ちた。

海水浴にはやや遅い時期で水が冷たい。服がまとわりついて、うまく泳げない。焦れば焦るほど身体が沈み、海水を飲んでしまう。

でもすぐに浮き輪が投げられ、それに摑まることができた。桟橋に引きあげられ、その場にしゃがんで咳き込んでいると、俺を誤って突き飛ばした乗組員が背をさすってくれた。

「本当に申しわけございませんっ。お怪我はありませんかっ」

「ええ。あの、だいじょうぶですから」

そう言っても乗組員は俺の背をさするのをやめず、なぜかそのうち胸のほうまで撫ではじめた。しかも、

「怪我はないか確認を」

などと言って脚や尻までさわりはじめる。さらには股間にまで手が伸びてきたので、さすがにとめようとしたら、ジェラルドが乗組員の腕を摑んだ。

「本人がだいじょうぶだと言っているんだ。もういいだろう」

「かしこまりました。ではお客様、恐れ入りますが服を脱いでいただけますか。このまま船

内へ入りますと、船内が濡れますので」

乗組員の手が俺のシャツのボタンへと伸ばされる。

ジェラルドがぶちぎれた顔をした。

「おい。こんなところで被害者に服を脱げというのは違うだろう。船内が濡れるのはきみの責任だ。きみが拭けばいい」

言葉は静かだが額に血管を浮きださせてジェラルドが言う。これほど怒りを表している彼を見るのは初めてだ。

「リコ、歩ける？」

「はい」

ふたりで客室へ引き返す。乗組員があとからついて来ようとしたが、ジェラルドが断ってくれた。

「変な男だったな」

「ええ……」

不快な思いをさせてごめんジェラルド。乗組員が変だったのは、きっと俺の責任です。

俺、シナリオでいまのシーンを書いた覚えがあるんだ。シナリオではあの場で服を脱がされて、もっと身体をさわられたはず。そうされなかったのはジェラルドのお陰だ。

はあ。今後もこういうことが続くんだろうかと思うと気が滅入る。ジェラルドのとなりにいてもこうなんだ。絶対に離れないようにしないとな。

部屋でシャワーを浴びて着替えたら、今度こそ下船して島へ降り立った。

この島は田舎風の独特な家並みと遠浅の海岸が人気のリゾート地となっている。島の建物はほとんどが平屋で、オレンジの屋根。桟橋が見える場所にカフェがあり、俺たちはその店に入って船の様子を窺うことにした。

レモネードを飲んで、ほっとひと息つく。

「立て続けにひどい目にあったね」

「ええ。でもまあ、これも仕事と思えば、ひどい目というほどでもないです」

落ち着いて思い返すと、海に落ち、身体をさわられたというだけだ。俺はへらりと笑った。

特殊師団第三部隊に所属している者ならば、かならず海に落ちた経験がある。入隊時、先輩たちから歓迎祝いということで海に落とされる。入隊後も着衣のまま海に入る訓練があるので、海に落ちること自体は初めてのことではない。

「たしかに仕事で来てるけど、でもねえ」

「仕事中のひどい目と言ったら、もっと悲惨なことがわんさかありますし。たとえば先月三日連続で雨の中に立ち続けたこととか」

「ああ。港の倉庫に張り込んだやつね」

マフィアの闇取引の現場を押さえるために、嵐の中、物陰に隠れて見張ったことがあったんだ。もちろん交代でおこなったから途中で休憩する時間もあったんだけど、長時間雨に打たれたのはつらかった。ジェラルドと励ましあって、どうにかがんばれたんだよな。そして三日目に無事に現場を押さえ、証拠品を確保できたときには肩を抱きあって喜びをわかちあったっけ。

その後風邪を引いて三日間熱をだして寝込んだけど。

「あれはたしかに、俺もつらく感じた。リコはあのあと熱をだしたし、よけいつらかったよね」

「ええ。でもジェラルドが看病してくれて、助かりました」

俺は独身寮住まいだから倒れても身のまわりの世話をしてくれる人はいない。でもそのときはジェラルドが看病してくれたんだ。仕事は休みをとって、熱が落ち着くまで夜も泊まり込んで、ずっとそばにいてくれた。

ジェラルドの優しさにめちゃくちゃ感動したし、もし逆の立場になったら俺も絶対に彼に尽くそうと思った。

ジェラルドが肩をすくめる。

「看病はね、俺が無理させたっていう負い目もあったし、きみのことが好きだから、つい強引に押しかけちゃったけど。あ、でも心配だっただけで下心はなかったからね」

「わかってます。あのときは本当に嬉しかったし、ありがたかったです」

俺に対して特別な感情がなかったとしても、彼はきっと看病してくれただろうと思う。

常に笑顔を振りまいていて、誰にでもフレンドリーな雰囲気だけど、じつはそうじゃないと知っている。けっこう冷たく、容赦ない面もある。でもいちど心を許した仲間にはひたすら優しく、尽くす人だ。彼の同期や、おなじ部隊に所属する仲間への対応を見ているとわかる。

「でも先月のそれなんて、可愛いもんじゃない？　悲惨さで言ったら、半年前の阿片ぶちまけ事件。あれより上はないんじゃないか？」

「あー、あれですか……」

あれは悲惨なんてものじゃなかった。

半年前、俺たちが前々から怪しいと睨んでいた商船から大量の阿片が見つかったんだ。それで船長を取り調べようとしたら船長が乱心してジェラルドを拉致し、人質にして逃げようとしたんだ。いつもの俺だったらそんなとき、仲間を呼んでマニュアル通りに対処する。でも人質にされたのがジェラルドだったせいか、冷静さを失い、船長に体当たりしに行ったんだ。そうしたら銃で脇腹を撃たれ、そのうえ手下に海へ放り投げられた。俺がよけいなことをしなければ、ジェラルドはたやすく船長を倒して捕縛できたのに、彼は俺を助けることを優先して船長を逃がしてしまった。

撃たれたと言っても弾がかすめた程度だったからたいしたことはなく、翌日も出勤した。押収した阿片はコーヒーの麻袋に入れられて倉庫に保管されていたんだけど、同期のクラウディオが保管場所を移動しようとして肩に担いだんだ。その拍子に麻袋が破れて中身が零れてしまった。運悪く、そのとき俺は彼の背後にしゃがんでいて、頭から阿片を被ってしまった。幸い阿片は精製しておらず固形だったため、口や鼻から吸い込むこともなかった。でも、その後の処理がとんでもなく大変だった。

すべて回収したのに押収時と重さが違うんだ。床にまき散らし、俺の服にもかかっちゃったんだから、当然完璧に元通りにはできない。でも物が物だけに、一グラムでも報告書と数値が違うと大問題になる。横領していないという証拠を示すためにぶちまけた現場の証拠写真を撮り、俺は上官たちが見ている前で全裸にさせられ、記録として写真を撮られ、医者の診察も受け、その後は気が遠くなるほど膨大な量の始末書を書く羽目になった。

「あれはもう……いまだに猛省しています。足手まといになってしまって、容疑者をとり逃がしてしまって」

「いや、そのことはしかたないよ。あのときは俺も先輩として、冷静に動けとか偉そうにたしなめたりもしたけど、本音は、いまだから言うけどリコが俺を助けようとして立ちむかってくれたことに感動しちゃったし、リコが撃たれて海に投げ込まれたときには俺のほうがよほど冷静じゃなかったしさ」

それよりそのあとだよ、とジェラルドが続ける。

「阿片かけられて裸にされて写真まで撮られて。あれはひどかったよね。しかもなぜリコまで始末書を書かなきゃいけなかったのか。俺はいまだに納得がいかない」

「関わっちゃったから、しかたないんでしょうけど。でもその始末書も、ジェラルドが手伝ってくれたし、上にかけあってくれたお陰で量が減ったので、感謝しています」

「そんなのは感謝するほどのことじゃないよ」

仕事で大変な思いをしたことは数えきれないほどある。でもジェラルドがいてくれたお陰でこれまで乗り切ってこられたんだ。

思い出話となるとネタが尽きず、その後もあのときはどうだったと話しているうちに昼を過ぎた。いつまでもおなじ店に居続けるのも怪しまれるので違う店に移動して昼食をとり、その後はビーチで日光浴をして夕方まで過ごした。

密輸品が運び込まれるのは最後の島と俺は知っているので、今日は見張りなんてしなくてもよかったんだけどね。俺がそれを知っているとジェラルドにばれると、おかしなことになるので、知らないふりをするしかない。

出航の時刻が迫ってきたので、俺たちは船に戻った。

船内には劇場やカジノ、プールもあり、それらの施設を覗くふりをして乗客たちの様子を見てまわり、そのあと夕食をとる。

「お酒は控えようね」

にっこり微笑んで告げられ、このあとのことを意識させられた。

俺は赤くなって頷く。

うう。いよいよか……。

夕食のメインはイチジクソースをかけたラム肉のロースト。臭みもなくさっぱりとした味わいでおいしかったけれど、緊張してきてしまってあまり食べられなかった。

部屋へ戻ると、ジェラルドが先にシャワーを浴びた。

ドキドキして待っていると、出入り口の扉がノックされた。なんだろう。ルームサービスは頼んでいないし。

応対しようとして扉の前まで行き、そこでハッとして立ちどまる。

うかつに開けてはいけない。クリーニングを頼んだ衣類が戻ってきたとか、純粋な雑事かもしれないけれど、そうじゃない可能性もあるんだ。ジェラルドに助けてもらえないいま、なにが起こるかわからない。

気づかなかったふりをしようと思い、ノブへ伸ばしかけていた手を下ろす。すると再びノックがあった。相手が諦めて去ってくれるのを固唾(かたず)を呑んで待っていると、鍵が勝手に動いて扉が開けられた。

ぎょっとする俺の前に現れたのは船長だった。

「失礼、やはりいらっしゃいましたね」

冷たい微笑。

船長だからスペアキーを手に入れるのは可能だろうけれど、勝手に開けるなよと言いたい。非常識すぎるだろ。でも怖くて言葉が出ない。

「今日、乗組員との接触によりお客様が海に転落したとの報告を受け、謝罪をしに参りました。本当に申しわけございませんでした」

「ああ、いえ……」

「その後、お身体はだいじょうぶですか」

「ええ。だいじょうぶです。どうぞお気になさらず」

「そうですか?」

言いながら、船長が強引に室内へ押し入ってきた。すばやく俺の肩を押して壁に押しつけると太腿を俺の脚のあいだに割り込ませ、逃げられなくする。

「……っ」

とっさに殴ろうとしたが、その腕をつかまれて頭上の壁に押しつけられた。船長の太腿が俺の股間を強く押す。痛みに気をとられたとき、もう一方の手であごを摑まれ、唇に噛みつくようにくちづけられた。ぞわりと鳥肌が立つ。

「っ……、なにするんですかっ!」

「失礼。つい、怒らせてみたくなってしまって」

至近距離で、冷酷そうな瞳に観察される。

「あなたは私を見ると怯えた目をする。嗜虐心をそそられてしまって」

「リコ？」

シャワーの音がとまり、ジェラルドがシャワー室の扉を開けた。

船長は素早く俺から身を離し、薄ら笑いを浮かべて優雅に一礼すると、ではまたと言って出ていった。

ああ、なんだよいまの不意打ち……。

俺はずるずると床にすわり込んだ。

「いまのは船長？」

ジェラルドが腰にタオルを巻いてやってきて、俺の横に跪く。

「どうした」

「朝の件を謝罪に来たらしいんですが……急にキスされて。こ、怖かった……」

「なんだって」

ジェラルドが驚き、怒りに燃えたまなざしをして扉のほうを睨み、俺の肩を抱く。俺は彼の肩に額を預け、深呼吸した。

ジェラルドと部屋にいても襲いに来るんだな。これじゃ気を抜けないよ。

キスされた唇がおぞましくて、早く洗い流したかった。

「口、洗ってきます」

まだ気持ちは落ち着かなかったけれど、俺は立ちあがり、シャワー室へ入った。

頭から熱いシャワーを浴び、唇を強く擦ってうがいを何度もしているうちに徐々にショックが収まってくる。

だいじょうぶ。これからジェラルドに抱かれるんだ。さすがにそのあいだは、誰も割り込んでこないはず。

ほかの攻略対象者の場合は、途中で誰かがやってきて複数人にひどい目にあわされることもあるんだけれど、ジェラルドルートではそれはないはず。すくなくともシナリオではない。

仕事で危険な目にあったことは数えきれないけれど、貞操の危機にあったことは初めてで、これはこれまで経験してきたこととは質が違う怖さだ。

こんな怖い思いはもうしたくない。だからかならず、今夜は最後までしてもらわないと。

船長のことは考えてもしかたがないので意識的に忘れることにし、気持ちをジェラルドとのことへ持っていく。

昨夜太腿に挟んだ感じだと、ジェラルドのものはすごく大きそうだったけれど……ちゃんとできるかな。

失敗しないように準備しておいたほうがいいのかもしれない。

俺はそう思い、手を後ろに伸ばした。おそるおそる指を入れてみる。そこを弄るのは人生で初めてで、緊張しているからなかなかほぐれない。

本当にこんな場所で気持ちよくなれるんだろうか。

まあ、俺が気持ちよくなることはあとまわしだ。とにかく、ちゃんと彼に抱かれることができればいいんだよね。

「リコ？　だいじょうぶかい？」

部屋のほうからジェラルドの声が届いた。あまりにも長いこと入っているから心配させてしまったようだ。

「は、はい。いま出ます」

俺はほぐすのを終わらせ、バスタオルを巻いてシャワー室を出た。

ジェラルドは腰にバスタオルを巻いたまま、ベッドにすわって俺を待っていた。

均整のとれた、鍛えて引き締まった身体が目に飛び込んできて、これからあの身体に抱かれるのだと思うとどぎまぎして目のやり場に困った。

昨日は服を着ていたからあまり意識しなかったし、普段もそれほど彼の裸を見る機会はなかったから改めて目にすると、顔だけじゃなく身体も色気があって格好いいんだなあと思う。

「おいで」

ジェラルドが片腕を差し伸べてくる。その手が届くところまで近づくと、優しく抱き寄せられた。そのままふたりでベッドへあがると、彼の顔が近づく。

「唇、ちょっと切れてる」

船長に嚙まれて切れたらしい。下唇の切れたところを舌先で舐められた。

「今日は本当に災難だったよね。気持ち、落ち着いた？」

「船長のことは、もう平気です。でも……落ち着いてはいない、です……その、今度はこの状況ですから……」

ジェラルドが笑う。

「うん。俺のことだけ考えていて」

そっとくちづけられる。かるく触れるだけのキスを何度も繰り返しているうちに自然と唇が開き、舌を絡め、彼の舌を迎え入れた。

舌を絡め、唾液が混ざりあう。厚みのある舌でぬるりと口内を愛撫されると、腰がぞくぞくして下肢の力が抜けてくる。

気持ちいい……。

ジェラルドのキスはやっぱり気持ちがよかった。昨夜の、キスのあとにされたこともすべて気持ちよかったことを思いだしたら、キスだけで身体が熱くなり、いやらしい気分が高まってきた。

「ふ……、ぁ……」

気持ちよくて身体から力が抜け、頭がぼんやりしてくる。自分の息継ぎが甘ったるくなっているのを自覚するが、抑えることができない。

唇が離れ、彼の視線が下へおりた。

「今日はキスだけでこんなだね」

言われて俺も自分の下腹部を見下ろすと、硬く勃ちあがり、バスタオルを押しあげていた。

反応しないのも気まずかったけど、反応したらしたで恥ずかしい。

「よかった。ちゃんと感じてくれて」

嬉しそうに言われてバスタオルを捲られ、そこをじかにさわられる。

すこし擦られると先走りが溢れてくる。それを塗り広げるように先端をぐりぐりと擦られると、強い快感を覚えてたまらず彼の身体に縋りついた。

「……っ、ぁ……ん」

「こうされるの、好き？」

「ん……っ」

耳朶を舐められ、首筋を吸われる。首から鎖骨にかけて、あちこちを吸われている感じがする。そうされながらもう一方の手で乳首を弄られたら、昨日よりもはっきりとした快感を覚えた。

「あ……？　や……っ」

なんでこんなところが気持ちいいんだと、その快感にうろたえて今夜も身体が逃げを打った。もちろん逃がしてもらえるはずがなく、押し倒され、もう一方の乳首を口に含まれる。

強く吸われ、舌先で舐められ、捏ねられる。ふいに甘噛みされ、電流が走ったように腰が跳ねた。

「や……っ、それ、や、です……っ」

「うん。ここが好きなんだね」

会話が噛みあわない。

なにか得体のしれない熱が身体の奥から膨れあがってきて、離してほしいのに逆に執拗にそこを愛撫された。

「あ……やだ……っ、嫌……、達……達っちゃう、から……っ」

快感が身体中を巡りだし、なにも考えられなくなってくる。下腹部に溜まった熱が解放を求めて体内で暴れた。

「達っていいよ」

猛りを弄る手の動きが速まり、いやらしく愛撫され、それに促されるように俺は熱を放出した。

「――っ」

脱力し、解放感に身をゆだねていると、左の脇腹を見つめられていることに気づいた。

「ここ、撃たれた傷だね」

半年前、ジェラルドを助けようとして撃たれた傷跡だ。たいした傷ではないけれど、いまも痕が残っていて、ピンク色の薄い皮膚になっている。治ったあと、見せてほしいと言われていちど見せたけど、それ以来かもしれない。

「さわっても平気？」

「はい」

指の腹でそっとなぞられた。まるで神聖なものにでも触れるように神妙な表情で。それから唇を寄せられ、舐められる。

「ん……っ」

皮膚が薄くて敏感な場所だから、くすぐったくて腹がピクリと波打った。

「痛い？」

「いえ。くすぐったくて」

もういちど舐められ、かるく吸われた。そうされたらくすぐったいだけでなく、なんだか妙な気分になった。

「あ、の……」

「乳首とここ、どっちがいい？」

「わ、かんな……っ」

脇腹を舐められながら、膝を立てさせられた。脇腹を舐められる感覚に気をとられているうちに、彼の指が俺の後ろを探る。

自分の指とは違う異物感。俺がだしたもので彼の指は濡れていて、すんなりと入った。彼が顔をあげ、怪訝（けげん）そうに俺を見る。

「なにかした？　ここ、柔らかいけど……」

「あの……さっき、自分で準備しようと思って……」

彼が目を丸くする。

「自分でって。どこで覚えたの、そんなこと」

前世です、とも言えず、俺は目を泳がせた。

「ええと……昨日、ジェラルドの大きさを、知って……、入らないんじゃないかと不安になったので……ちょっと自分の指で試してみたんです。変なことでしたか……？」

「変じゃないけど」

ジェラルドが興奮したようにごくりと唾を呑み込んだ。

「でも、あの。指二本しか入らなかったんですけど」

「わかった。もうちょっとほぐそうか」

二本目の指が入ってきて、ゆっくりと抜き差しをする。自分で準備しておいただけあって痛みはないしきつくもない。彼の指は自分のよりも長く、奥まで届く。それが前側のとある部分を押すと、これまで感じたことのない衝撃があり、身体が跳ねた。

「あ……、な、なに」

「ここ?」

もういちど押すように擦られる。するとそこから強烈な快感を覚えた。

「ぁ……や、ぁ……っ」

何度も刺激されると、達ったばかりなのに中心が再び力をとり戻した。そこをもう一方の手で握られ、後ろと連動するように刺激されたら、またもや電流が走るように全身が甘く痺れ、快感で腰が蕩けてしまいそうだった。

こんなところで感じるのだろうかと疑っていた自分が信じられないほど気持ちがよくてたまらない。快感の電流は流れ続けていて、変な声が出そうになって、両手で口を押さえた。それから横をむいてきつく目を瞑り、快感に耐える。

戸惑いと快感に翻弄され、気づけば三本目の指が挿入されていた。三本の指で中を広げられ、腰が震える。充分にほぐされると、指が引き抜かれた。

彼がバスタオルをとり、姿勢を整える。視線をむけると、腹につくほど反り返っている彼の猛りが見えた。そしてその大きさに息を呑む。そんなの、見たことないんですけど。

いや、それ、無理でしょ。

絶対怪我するって。

覚悟を決めてからは積極的だった俺だが、初めて怯(ひる)んだ。

「ジェラルド……それ……」

「なに」

「……。入りますか」

「無理はしないから」

腰ごと脚を抱えられ、入り口に彼の猛りがあてがわれた。

「挿れるよ」

本当にだいじょうぶだろうか。

とはいえやめるという選択肢はなく、戦々恐々と迎え入れる。

入り口がぬぷりと広がり、やがてめいっぱい広げられ、みっちりと中に入ってくる。

熱くて硬くて、息が詰まるほど大きい。なんというか、密着感がすごい。

「ふ……」

太すぎるよ……。

思わず声を漏らすと、そこで挿入がとまる。

「痛い？」

「だいじょ、ぶ……」

異物感がものすごいし圧迫されて苦しいが、痛くはない。答えると、また、ゆっくりと入ってくる。ものすごくゆっくり慎重に進められているので、粘膜に感じる彼の大きさをより生々しく想像できてしまい、身体が熱くなる。

指でほぐされたよりも奥まで埋め込まれると、侵入がとまった。全部入ったんだろうか。

ジェラルドが苦し気に息を吐き、俺の様子を窺う。

「だいじょうぶ？」

「は、い……ジェラルドは……？」

「うん？」

「ジェラルドは、だいじょうぶ、ですか……？　つらく、ない……？」

ジェラルドが困ったように笑う。

「もちろん。俺はめちゃくちゃ気持ちいいよ。リコの中、すごく狭くて気持ちよすぎて、手加減が難しい気がするけど」

彼はそのまま動かず、俺のそこが馴染むのを待った。

粘膜から、彼の熱い拍動が伝わる。

いま、俺の中にジェラルドが入っているのだと思うと、とても不思議な気がした。

「俺、いま、ジェラルドと……セックスしてるんですよね……」

「うん。そうだね」

「ちゃんと、できてますよね……」

彼が、熱い吐息を漏らしながら微笑する。

「うん、できてるよ。これでリコの全部、俺が貰(もら)ったよ」

「……よかった……」

　これでジェラルドルートに入れただろうと思ったら、安堵の笑みがこぼれた。そんな俺に、ジェラルドが覆いかぶさってくちづける。体勢がすこし変わったから、中に納まるものの角度もすこし変わり、思わず声が出た。

「ん、あ」

「ん、ごめん。でもキスしたい」

　繋がったまま、深いキスをした。上の口は彼の舌を深く受け入れ、下の入り口も奥まで塞がれて、身体の中がジェラルドでいっぱいになっている感じだ。

　すこしすると、圧迫感と異物感が和らいできた。彼もそれを感じたようで、唇を離した。そしてゆっくりと抜き差しがはじまる。とたん、圧迫感と異物感の中に甘い快感が混じり、驚いた。

「ん、あ……っ」

　指で探られたときに感じた場所を狙うように先端で突かれ、押し擦られると、そこから身体中にぶわっと快感が拡散していく。それを何度も繰り返されたら、腰は甘く痺れ、脳髄まで溶けだしそうな気がした。

　こんな快感は知らなかった。ここに逞しいものを挿れられ、擦られることがこれほど気持ちいいなんて、信じられなかった。

「ぁ……っ、や……っ、ん……っ」

尋常でない快感に見舞われ、呼吸の仕方がわからなくなる。口を閉じることもできず、ひっきりなしに甘い声をあげてしまう。

ジェラルドが熱く興奮したまなざしで俺を見下ろす。

「リコ……」

名を呼ぶ声も熱く、色っぽい。

腰遣いは俺を気遣ってひたすらゆっくりだが、彼のほうが俺以上に興奮している様子だ。ふたりの身体から発する熱で、部屋の温度も上昇している気がする。

「ごめん……ちょっと、加減するの……きつくなってきた……」

彼が呻くように言い、抜き差しが激しくなった。

「あ……、ぁ、っ……」

急に刺激が強くなり、快感が倍増する。ついていけなくて彼の腕に縋りつく。腰も内腿も震え、つま先に力を入れて堪(こら)えるが限界だった。身体も意識もすべて持っていかれる勢いで快感がせりあがる。

「んっ、ぁ……、もう」

もう達く、と告げようとした刹那(せつな)、奥を強く擦られ、一気に達した。

「——っ」

直後、身体の奥に熱い液体を注がれるのを感じた。彼の猛りが小刻みに震えて達しているのが粘膜に伝わる。

「は……」

彼が大きく息をつき、目をあわせてくる。嬉しそうに微笑みながら俺を抱きしめた。

「リコ、可愛い……幸せ……」

互いに呼吸が落ち着いてからキスをされ、中に入っていた猛りが引き抜かれる。

「ごめん。中にいっぱいだしちゃった。シャワー室へ行こうか」

「…………」

「リコ。だいじょうぶ?」

「……はい……」

気持ちよすぎて放心していた。

後ろがこんなに感じることが衝撃すぎて、なにも考えられない。前を弄られることもなく、後ろだけで達ってしまった。

「連れていくよ」

ぐったりした俺の様子を見て、ジェラルドが俺を抱えあげた。

「わ、あの、歩けますっ」

「いいから」

姫抱っこでシャワー室へ連れていかれ、胡坐をかく彼の上にすわらされた。そして後ろに指を入れられ、中にだされたものを掻きだされる。でも中に指を入れられたら、もうだめだ。

「ん、ぁ……ジェラルド……っ、それ、だめ……っ」

その刺激でまたもや兆してしまい、それを見たジェラルドも興奮し、そこで二回戦となった。

四

シャワー室でしたあと、ベッドに戻ってからも二回抱きあった。そのため今朝は腰がだるい。股関節とか変なところが痛い。

仕事柄、身体はそれなりに鍛えているんだけど、普段は使わない筋肉を使ったんだなあとしみじみ思う。

「リコ、動ける？」

すでに身支度をすませたジェラルドがベッド端に腰かけて、まだ裸で寝ている俺に呼びかけた。

目があうと、甘く微笑まれる。ちょっと照れたような、幸せそうな笑顔。

その笑顔を見たら、急激に胸がドキドキした。

ええと……。

なんだこれ……。

ジェラルドって、こんなに格好よかったっけ？

いやいや、ジェラルドが格好いいことは前々からわかっていたことじゃないか。なにを今更なことを考えているんだ俺？

いや、ええと、笑顔がさ、甘さが増しただけじゃなく、男っぽさも増したような気がするんだけど。いや、だからって言ってもさ……おかしいな。俺ってば、なにをときめいているんだ。

抱かれたことで、心がなにか勘違いしてるんだろうか。

「リコ？　目が開いてるけど、まだ寝てる？」

「い、いえ」

内心でうろたえていると、彼の手が俺の髪に触れた。優しく撫でられたら、さらに動揺して顔が火照（ほて）った。

「昨日はごめん。自制がきかなくて、何度も……。リコは初めてだから加減しないとって思っていたんだけど」

「いえ、謝らないでください。俺が誘ったんですから」

腰はだるいし、ありえないところが痛いが動けないわけじゃない。起きあがると、目覚めのキスをされた。

「今日はカメーリア島だけど、行けそうかい？　つらかったら今日は寝ていて。島には俺ひとりで行ってくるから」

「いえ。行きます」

昨夜は何度も抱かれた。これで完全にジェラルドルートに入っているはずだから、出かけても安心だ。

起きあがり、なにげなく鏡台の鏡に目をやると、首周りにたくさん赤い跡が散らばっているのが目に入った。

「え……なに……」

そういえば、首筋から胸元にかけて、たくさんキスされて、吸われた覚えがあるけれど……。

「なにって、もちろん俺の印だよ」

「……こんな、上のほうまで……。シャツの襟から見えちゃいます」

「そうだよ。見えるようにつけたんだから。変な男に手をだされないようにね」

「……。ジェラルドって、けっこう独占欲強いタイプなんですね……」

「うーん。そんなことはないと思ってたんだけど……自分でもちょっと驚いてる。きみのことになると、見境なくなるみたいだ。こんな男は嫌？」

「その……。恥ずかしいです」

胸のほうはもちろんのこと、シャツでは隠せない場所にもたくさんついている。うう、恥ずかしい。でもこれで襲われることがなくなるのであれば、恥ずかしさは耐えよう。

支度をすませて朝食をとると、今日は混雑を避けるためにすこし遅めに下船した。昨日の島よりも大きな港で、四階建て、五階建ての建物が海岸沿いにずらりと並んでいる。観光客も多い。

今日ももちろん観光はせず、港付近で船の監視だ。船の荷積みがよく見えて、かつ長居しても不自然じゃない場所を探すために海沿いの通りを歩いていると、やたらと視線を浴びた。

正確には俺じゃなく、となりを歩くジェラルドだけど。十代から白髪の婦人まで幅広い年齢層の女性から視線を集めている。やたらと格好よくて目立つ人だから、つい見ちゃう女性の気持ちもわかるよ。今日に限らずいつものことだからジェラルドは気にした様子もなく、俺だけに視線を注いでいる。ときおり俺の腰に手を添えてエスコートしてくれたりもする。

俺も、ジェラルドのおまけで視線を浴びることにはこの三年でさすがに慣れてきていたんだけれど、この人との関係が変わったせいか、人の目が以前より気になる。

同性愛に対してこの国は日本とおなじくらい保守的で、差別意識を持つ人もすくなからずいるから、俺たちってどう見られているのか、気にならないと言ったら嘘になる。落ち着かない気分で、でも気にしないようにしながら歩いていると、ジェラートを売る店が目にとまった。

おいしそうだなあ。

つい、歩みがゆっくりになる。それに気づいたジェラルドがにこりと笑った。

「食べようか。なににする？」

迷った末に俺はチョコレート味、彼はコーヒー味を注文し、支払いはまとめてジェラルドがしてくれた。昨日の昼食代やカフェ代もジェラルドが払ってくれて、あとで経費として申告するってことだった。今回もジェラルドがスマートに注文して支払いもすませてくれたんだけど、これは張り込みで必要だったわけじゃない出費だ。

「あの。これって経費ですか」

「うーん。これはちょっと、経費で落とすのはね」

「じゃあ俺の分、払います」

「いいよ、これくらいおごらせて」

「……いつもすみません。ありがとうございます」

ジェラルドと行動しているとこうやっておごってもらうことが度々ある。こういう場合、遠慮してグズグズ言うよりは、お礼を言って喜んで受けとるべきだとジェラルドや先輩たちから教わったので、そのようにしているのだけど、いつもお世話になっていて申しわけないというかありがたいというか。

店員から受けとったジェラートを、その場で立ったまま食べる。

チョコレート味、おいしいなあ。

でもジェラルドが頼んだコーヒー味とも迷ったんだよね。

ちょっと気になってジェラルドのジェラートへ視線をむけたら、彼が笑顔で差しだした。

「どうぞ。おいしいよ」

「なにも言ってないのに、なんでわかったんですか」

「そりゃあわかるよ。食べたそうな顔してるもの」

俺もいい大人なのに、恥ずかしい。

固形の食べ物を分けあうことはたまにあったけど、ジェラートはない。スプーンもないので直接舐めることになるけど、いいのかな。

「でも、いいんですか」

「遠慮するような仲じゃないだろう」

まあ、そうなんだけど。

ジェラートを舐めるなんて、昨夜の行為と比べたらたいしたことじゃない。昨夜は直接互いの身体を舐めあって、唾液も混ぜあって、ものすごくいやらしいことをした。

だからこそ、公道で相手のジェラートを舐めるのは、俺たちはそういう仲なんですと公言しているようで恥ずかしい。

「ほら、溶けちゃうよ」

急かされ、赤くなりつつジェラルドのコーヒー味を舐めた。

「俺もひと口ちょうだい」

ジェラルドが俺の手元へ顔を寄せ、チョコレートのジェラートを食べる。

うう、なんだこれ。

まさに恋人同士って感じで照れる。

急激な距離の縮まり具合に気持ちがまだ慣れなくて、自然に振舞えないよ。

「甘いね」

ジェラルドが、ジェラートよりも甘い目つきで俺を見る。こんな目つき、以前はされたことがなかった。ジェラルドのことはだいぶ知っていたけれど、恋人になったらこんな色っぽい顔をするなんて初めて知った。

俺は赤い顔をして、黙ってもぐもぐとジェラートを平らげた。

任務中なのに、船の監視もせずになにやってるんだよ俺たち……。

まあ、密輸品を運ぶのは今日じゃないから真面目(まじめ)に監視する必要はないんだけど。

ジェラルドも食べ終わると、また道を歩きはじめる。監視にちょうどいいカフェはなく、雑貨店が軒を連ねていた。

この一帯の店は露店じゃないけど、露店のように店頭がフルオープンになっていて、商品を見やすい。女性むけのアクセサリーやハンカチなど、手ごろな価格で土産にしやすい商品が並んでいる。母への土産にハンカチでも買っていこうかと思いながら眺めていると、その中に、目を引くキーホルダーがあった。金属製で、翡翠(ひすい)のような石が飾りについており、男性が持ってもおかしくないデザイン。ちょっといいかもと思い、手にとった。

ジェラルドが横からそれを見る。

「いいね、それ」

「そう思います？」

「うん。俺も買おうかな」

「え。ジェラルドが持つには庶民的すぎるというか、安っぽくないですか？」

「そんなことないよ。ていうか、きみは俺のこと、ちょっと誤解してるよ。王家御用達(ごようたし)商品しか使わないと思ってない？」

「だって貴族ですし。そうじゃないんですか」

「まさか。貴族って言っても男爵だよ。しかも次男だし。船に戻ったら俺の荷物見てみる？きみのものと変わらないと思うよ」

そんなことを言うけれど、いま着ている服なんて上質そうで、明らかに仕立てがいい。

でもたしかに、物にはあまりこだわらない人かも。職場で使っている物品は国から支給される安物だけど、気にせず使っているし。

俺はふと思いつき、彼を見あげた。

「あ、あの。じゃあ、俺に買わせてください。いつも世話になっているのでお礼に。いや、さっきのジェラートのお礼に」

いつもお世話になっていることへのお礼としては安物すぎるので、ジェラートのお礼と言い換えた。安物と言っても、俺の所持金からしたらだいぶ高価だけど。

「え。いいの？」

「はい」

ジェラルドはちょっと目を丸くして俺を見つめ、それから頬を染めて嬉しそうに微笑んだ。

「嬉しいね。きみからプレゼントなんて」

キーホルダーはいくつか並んでおり、石の色や形が微妙に異なる。彼はそのうちのひとつを選んで言った。

「じゃあ、きみのぶんを俺が買うよ。お揃いで持とうよ」

お揃いなんて、ラブラブカップルじゃないか……。

職場で誰かに気づかれたら恥ずかしい。堂々と、船旅の記念で買ったんだと言えば変に思われないかな。

俺は赤くなりつつ頷いた。

店員を呼んでそれぞれ購入すると、それを相手に渡した。

「ありがとう。大事に使うよ」

ジェラルドは本当に嬉しそうに笑いかけてくれる。

その笑顔を見たら、なんとも言えない気分になった。

純粋な謝礼のつもりだったんだけど、恋人としての贈り物という意味あいが混じってしまった感じがする。その前のジェラートの食べあいといい、ジェラルドは完全に俺を恋人として扱っている。まなざしも言葉も仕草もすべてが幸せそうで、それを見ると、なんだか胸がどきどきしてくるような落ち着かない気分になってきた。

いままで俺は彼を意識したことはなかった。でもやっぱりさ、深い仲へと関係が変わったら、どうしたって相手のことを意識するよ。

この気持ち、なんだろう。疑似恋愛っていうんだろうか。

もちろん、彼に悪いことをしているという罪悪感も依然としてある。

ジェラルドとこういう関係になったお陰で、俺はこのままいけば無事に帰ることができるだろう。でもだましているという後ろめたさから彼のまなざしを直視できない。俺としてはそういうつもりじゃなかったんですと言いわけしたくて胸が疼く。

しかたがなかったんだから割り切るしかないと自分に言い聞かせ、ジェラルドから貰ったキーホルダーを握り締めてうつむいていると、前方から子供の泣き声が聞こえてきた。

三、四歳の女の子だ。ママぁと呼びながらひとりで泣いている。

「あれは」

「迷子かな」

俺たちは迷わず子供のほうへ歩いていった。

仕事中に子供を保護した経験は過去にもある。

ふつう、知らない大人の男にいきなり話しかけられたら怯える子供が多いが、俺は童顔だしジェラルドも優しそうな風貌なので、怖がられたことはない。

「やあ、こんにちは。ママとはぐれちゃったのかな。一緒に探そうか」

「お嬢ちゃん、お名前は？」

にっこり笑いながら近づき、しゃがんで話しかけると、女の子は泣くのをやめてアイーダと名乗った。

「アイーダのママーっ！」

ふたりで女の子と手を繋ぎ、大声で叫びながら歩く。

ジェラルドが女の子ににこやかに話しかける。

「お兄ちゃんたちがいるからだいじょうぶだよ。すぐにママは見つかる。ねえアイーダ、その服、リボンがついていて可愛いね。あれ、もしかして髪のリボンも色を揃えたの？　おしゃれだねえ。よく似合ってる」

不安にさせないように上手に話しかけ、また子供の話をよく聞いていた。

彼は子供の扱いがうまい。いつも、どんな年齢の子供でもうまく対応していて、子供が好きなんだろうなあと思う。

過去の出来事を思いだしながら探していると、まもなく母親が見つかった。

抱きあうふたりに手を振って別れてから、ジェラルドがほっとしたように言う。

「すぐにみつかってよかったな」

俺はフフッと笑いながら彼を見あげた。

「あいかわらず、子供の相手が上手ですよね」

「そうかな」

「ええ。俺もあなたに話しかけられてすごく安心したことを思いだしました」

「そんなこともあったね」

じつは俺とジェラルドの出会いは三年前じゃない。

俺が十二歳のとき、王都で開催されるお祭りを見に両親と一緒に田舎から出てきたんだけど、親とはぐれてしまったんだ。

さすがに泣きはしなかったけど、金は持ってなかったし、慣れない都会でひとりになってしまって泣きそうなほど不安だった。そのとき声をかけてくれて、保護してくれたのがジェラルドだったんだ。

気さくで優しくて、不思議なほど安心感があって、この人と一緒にいればだいじょうぶだと思えた。マントを纏(まと)った制服姿もものすごく格好よくて洗練されていて、ひと目で憧れたなあ。

ジェラルドのお陰でその後親と会えたんだけど、そのことがきっかけで俺も国家憲兵になろうと思ったんだ。

無事に憲兵になれて、ジェラルドと再会したときは興奮した。六年も前のことだったけど、俺はジェラルドを忘れていなかった。ジェラルドのほうはすぐに俺とはわからなかったけど、でもそのときのことを話したら思いだしてくれた。

俺にとってジェラルドは憧れの先輩というだけでなく、恩人でもあり、行く道を示してくれたヒーローなんだ。

「あのときのリコは少年だったのに、まさか一緒に働くようになるとはね。しかも、こんな関係になって……ちょっと罪悪感を覚えるなあ」

ジェラルドが苦笑する。

「罪悪感なんて」

「そりゃ感じるよ。純粋にこの職業に憧れてくれた少年だったんだよ。一番手をだしちゃいけない相手なのに」

「それを言ったら、俺だって……」

「リコは悪くないよ」

いや。ジェラルドより俺のほうがよほど悪いことをしている。

俺は自分が助かりたいがために、自分のヒーローをだましているんだ。彼の気持ちをいいように利用している。

うつむいて歩いていたら、ジェラルドが覗き込んできた。

「どうした」

「え、なにか」

「泣きそうな顔してる」

心を覗かれたようでドキリとする。

「そ、そんなことないですよ」

俺はとり繕うように笑顔を浮かべた。

ジェラルドは納得していない表情をしていたけれど、斜め後方から走ってくる女性に気づき、そちらへ視線をむけた。

女性は先ほどの迷子の母親だ。

「先ほどはありがとうございました。これ、よかったら」

ジェラルドに紙袋を渡す。お礼の品を持ってきてくれたらしい。

お気遣いなく、いえそう言わず、とふたりがやりとりしているのを後ろで眺めていると、女性の帽子が風で飛ばされた。ジェラルドがいち早くそれをとりにむかい、俺との距離が離れた、そのとき。背後から突然伸びてきた手に口を塞がれた。

「っ！」

そのまま建物のあいだの狭い路地に引きずり込まれる。

とっさに肘で相手を打とうとしたが、封じられた。相手はひとりでなく、三人組だった。

手足を押さえつけられてズボンを下ろされる。

「ひひ……やっと捕まえられた。おとなしくしてろよ」

男の下卑た声にゾッとする。

ジェラルドルートに入ったはずなのに襲われるなんて、どうして。

パニックになり、手足をじたばたさせてると口を塞ぐ手が緩んだ。

「ジェラ――ぐっ」

声を張りあげようとしたら頬と腹を殴られ、その場にうずくまる。息をつけずにいるうちに下着を下ろされた。腰を掴まれる。

嫌だ。

なんで。

やられる、と思ったとき、路地のむこうから男の声がした。

「おい。そいつは俺の獲物だ」

聞き覚えのある声。目をむけると、マフィアのボスだった。

「退け」

拘束されていた身体が自由になる。ボスが近づいてくると、俺を襲った男たちは怖気づいた様子で逃げていった。

ボスは彼らには目もくれず、ズボンを引きあげている俺の前まで来て跪いた。

「なあ、ぼうや。助けてやったんだ。ご褒美に、名前を教えてもらえねえかな」

「……リコ」

「リコか。俺はラウロという」

彼の視線が俺の首筋へ下りた。

「はん。だいぶ派手につけてるな」

なにを言われているのかすぐにはわからなかったが、首を指さされ、

「やっぱりあの男に抱かれてるのか。次は俺にもやらせてくれや」

と、ニヤニヤ笑いながら言われて、キスマークのことだと気づいて赤面した。

「ご褒美をもらいに、あとでおまえの部屋へ行く」

ラウロはにやりと笑い、俺の頬を撫でた。

「ご褒美って」

「危ないところを助けてやったんだぜ。まさか名前ぐらいですむとは思ってないよなあ」

部屋へ来るなんて冗談じゃない。そう言いたいが怖くて言えない。

助けてもらえてありがたかったが、それとこれとはべつだ。この人と関わったらモブよりもひどいことになる。

「わかったな」

「リコ！」

ジェラルドの声。

路地の入り口からこちらへ走ってくる。俺はすばやく立ちあがった。ラウロも立ちあがり、思わせぶりな目配せをして反対方向へ歩いていった。

あああ、怖かった……。

ジェラルドは駆け寄ってくると、俺の頬を見て険しい顔をした。

「その頬、どうしたんだ」

訊かれるということは赤くなっているのかもしれない。俺は殴られた頬に手を添えた。思いきり殴られたから、じんじん痛むし熱を持っている。まだ腫れていないが、そのうち腫れそうだ。

「殴られて……」

「いまの男か」

「いえ、彼は助けてくれたんです」

詳細を訊かれ、急に三人組の男に襲われたと話した。

「頬のほかは？」

「腹も殴られましたけど、それだけなのでだいじょうぶです」

「物は盗られてない？」

「はい……盗みが目的ではなさそうでした」

彼の目が、俺の身体を確認するように見下ろす。そして腰の辺りで視線をとめた。

急いでズボンを引きあげたから、腰まわりのシャツはくしゃくしゃだし、ズボンもサスペンダーが外れ、ボタンがちぎれている。

「………………」

なにをされたかなんて一目瞭然(いちもくりょうぜん)で、ジェラルドが苦し気に眉を寄せ、押し黙る。

「あの、ズボンを脱がされましたけど、それだけなので」

短い時間だったからそこまでひどいことをされていないとわかるだろうけれど、いちおう言いわけして、服の乱れをきちんと直した。すると、そっと抱きしめられた。

「ちょっと目を離したらいなくなっているから……まさか、こんなことに」

「面目ないです。憲兵のくせに情けない」

「不意打ちだったんだ。そんなことを思う必要はない。しかし……きみ、いままでもこんなことに頻繁にあっていたかい？」

「いいえ」

「そうだよね。でも船に乗ってから、毎日おかしな目にあっているね」

「はい……」

「どういうことかな……」

それが趣旨のゲームだから当然だと俺は受けとめていたけれど、はたから見たら変だよね。急に襲われまくってるなんて。

しかし本当に、どういうことだろう。

ジェラルドルートに入っても襲われるなんて思ってもみなかった。

ジェラルドとセックスはしたけれど、本当に両想いになったわけではない。だからルートに入れていないとか？

ゲームでも、ジェラルドルートに入ってからも選択肢があった。どんな選択をしてもずっと安泰なわけではなく、選択を間違えるとおかしなことになる。

一昨日（おととい）も思ったことだけど、現実世界ではモニターなんてないから、いつ分岐点に立たされているのかわからない。そのせいかな。

そもそもスタート時点でゲームとは違うことになっていたんだから、今後もゲーム通りにいくとは限らないんだ。

これは帰るまで油断できないってことか。

「ともかく、怖かっただろう。船に戻ろうか」

「でも、任務は」

「そんなのはいい。船に戻ろう。怪我の手当てが先だ」

ジェラルドはきっぱりと言った。

仲間がちょっと殴られたぐらいで任務を中断しようなんて言う人じゃないはずなのに。

俺のこと、すごく心配してくれてる……。

彼の優しさに触れて、襲われてこわばっていた気持ちが緩んだ。涙ぐみそうになって急いでうつむくと、頭を優しく撫でられる。

「この辺で見張りにちょうどいい場所もなさそうだしね。手当てを終えたら、船のデッキから桟橋を眺めよう」

俺たちは船に乗り込むと、消炎鎮痛用の軟膏を医師から貰い、客室へ戻った。

「おなか、見せてごらん」

上着を脱ぎ、ベッドに腰かけると、シャツを捲って腹を見せた。自分でも見ると、赤くなっている。こちらも痣になりそうだ。

「ひどいね。痛そうだ」

ジェラルドがタオルを濡らして当ててくれた。ひんやりして痛みが和らぐ。

「ほかに、殴られてない？」

「はい。これだけです」

「そう。でもいちおう全部見せて」

ジェラルドがシャツのボタンを外し、サスペンダーも肩から下ろす。シャツを脱がせると、俺をベッドへ押し倒し、靴とズボン、下着を脱がせた。

靴下しか身に着けていない格好だ。裸は昨夜見られているけれども、照明の下でじっくり見られるのはさすがに恥ずかしい。

「どこか、さわられた？」

「いえ……とくに、どこも」

「腰、赤く跡がついてる。手首も擦りむいてる。隠さないで教えて」

腰や手首はたしかに摑まれたけど、わざわざ言うほどのことじゃないと思っただけで、隠したわけじゃないんだけど。

「ここは、さわられた？」

中心をさわられる。俺がぶるぶると首を振ると、その手が脚のあいだを潜り、後ろにふれる。

「じゃあこっちは」

「さ、さわられてません……っ」

ジェラルドは俺の反応を見て、手を離した。

「よかった……ごめんね。嫌な思いをさせたね。薬を塗るよ」

ジェラルドが軟膏を腹に塗りながら、静かな声で尋ねてくる。

「襲ってきた相手や、助けてくれた男って、見覚えはある？」

「襲ってきたのはわからないです。でも、助けてくれたのは……この船の乗客じゃないかと」

「やっぱりそうか。あの男、ちらっとしか見えなかったけど、俺も見覚えがある気がしたんだ。一昨日、デッキで声をかけてきた男じゃないかなと思ったんだけど」

ちらっと見ただけなのに、よく覚えているなあ。さすが長いこと憲兵をしているだけはある。

「そう、だと思います」

「なにか言われた？」

「ええと……名前を聞かれました。それで、彼はラウロと名乗りました」

残りも言うか迷ったが、黙っているとあとでややこしいことになりそうなので、言っておくことにする。

「それから助けたお礼をもらいに、あとで部屋にくると言っていました」

ジェラルドの眉が顰められる。

「へえ……。ふつうはさ、人助けをしたら、その人を放置してすぐにその場を離れたりしないよね。身内らしき人が来たら、事情を話すものだ。でも彼は俺を避けるように立ち去った。妙だなと思ったんだけど。堅気じゃなさそうだし」

いつも柔和なジェラルドのまなざしが、やや鋭く俺を見る。

「リコ、なにか知ってる？」

「いえ」

もちろんてんこ盛りで知っている。彼がマフィアのボスで、今回の密輸に関わっていることも。でもどうして俺がそれを知っているか説明できないので、言えない。

彼はじっとりと俺を見つめた。

「もしかして、知りあい？」

「まさか」

「本当に？　三年もきみを見ているからわかるよ。なにか隠しているだろう」

「か、隠してなんて……」

「一昨日、デッキで彼を見たとき、きみ、ビクッとしたんだよね。あのとき、どうしてびっくりした？」

うわ、本当によく観察してる……。

「えっと、それは……酔っていたのでよく覚えていませんけど……、すごい目つきで見られていたから、びっくりしたんじゃないかな……知らない人ですけど、明らかに堅気じゃないって俺もわかりましたし。怖いオーラが出てましたし」

しどろもどろで、我ながらいかにも言いわけっぽい。

でもジェラルドはしばらく俺を見つめたあと、肩をすくめて微笑んだ。

「そっか。わかった。俺に言う必要があることなら、きみはちゃんと言ってくれるものね。信じるよ」

それってつまり、疑いが完全に晴れたわけじゃないけれど、追及しないって意味なわけだけれど、まあ、逃してくれるなら助かる。

ジェラルドは軟膏を塗った腹にガーゼを当てると、頬にも軟膏を塗ってくれた。

「あまり腫れないといいね」

頬に手を添えられたまま、くちづけられる。

俺は初めから唇が開いていたから、すぐに彼の舌が中に入ってきた。舌先で舐めあい、くすぐるように絡めあう。長いことそうしていると、互いの唾液が混ざりあい、それを飲み込んだ。ジェラルドの唾液を飲むのも嫌じゃない。媚薬(びやく)でも飲んでいるように身体が火照る。

キスをしているだけなのに、ものすごくいやらしいことをしている気分になる。

キスの経験が乏しいのでよくわからないが、これは、いやらしいキス、なのかもしれない。

だって気持ちがよくて、もっといやらしいことをしたくなる。もっとさわってほしくなる。

下腹部にも熱が溜まってきて、硬くなってきたのに気づいたけれど、キスをやめたくない。

「ん……ふ……、んぁ」

吐息も甘く湿ってきて、まるでねだっているようだ。

「頬、痛くない……？」

キスのあいまに尋ねられる。口を動かすと痛いけれど、でもキスの快感のほうが強い。

「ん……、平気……、だから、もっと……」

「俺にさわられても、怖くない……？」

「ん……ジェラルドなら、平気……」

気持ちよくて頭がぼんやりしてくる。もっとほしくて、俺は遠慮がちに彼の背へ腕をまわした。シャツの感触。そういえば俺だけ裸だ。彼の素肌に触れたくて、シャツのボタンを外そうと手を伸ばす。

ふいに唇を離された。

「ごめん」

「な、にがです……?」

はあはあと息をつきながらぼんやりと見あげると、情欲に濡れたまなざしとぶつかった。

「さわりたくなっちゃって、こんなキスしちゃったから……。仕事しなきゃいけないし、リコも身体が痛いのに」

下腹部に手を伸ばされ、硬くなったものをかるくさわられた。さらに奥へと指が這い、入り口へ触れる。

「もっとしても、いい……?」

望むところだった。これでやめられたらたまらない。

「して……、ください。もうだいじょうぶなんだと、安心させてください」

ジェラルドルートに入っていても油断はできないとはいえ、彼に抱かれている最中だけは安心できる。たとえ最中に誰かが部屋にやってきても、一緒にプレイとか拉致という展開は、さすがにジェラルドが許さないだろうから。

「そうだね。怖かったよね……忘れさせてあげるから」

ジェラルドはいったん俺から離れ、服をすべて脱いだ。

「おなか、痛くないようにしたいから、こうしようか」

彼はベッドヘッドにクッションを置いてそこを背もたれにしてすわると、おなじむきで俺を抱き寄せた。

彼の胸に俺の背中が寄りかかっている状態だ。

そして足を開かされ、身体を抱きしめていた手が股間を覆うようにして後ろへ伸ばされる。

長い指が軟膏の滑り（ぬめ）りを借りて、ぬるりと中へ入ってくる。

「あ……ん」

ぐちゅぐちゅと音を立てて抜き差しされ、二本目が入ると、中を広げるようにぐるぐると指をまわされた。

そこは昨日散々彼の猛りを受け入れたから、時間をかけなくても簡単に広がった。

「すぐに柔らかくなったね……。昨日、俺がいっぱい入ってたせいだね」

「う、ん……っ」

後ろを弄られながら、もう一方の手で乳首を摘まれる。そして舌で耳朶やうなじを舐められたら、快感で全身が蕩けた。

腰には彼の猛りが当たっていて、彼の熱と興奮を知らされている。その事実にも興奮を促され、身体が熱くなる。無意識に、もっと足を開いてしまう。

早くもっと逞しいもので貫かれたかった。満たしてほしくて、粘膜がうねるように動いている気がする。

早く。早く、ほしい。

「ジェ、ラルド……っ、お願……っ」

「なに……？」

「もう……、ジェ、ルドの……、挿れて……っ」

我慢できなくて余裕なくお願いすると、指が引き抜かれた。彼の上体がやや後ろへ倒れ、半臥位（はんがい）になる。身体を預けていた俺も一緒に倒れ、腰が浮く。そこに、彼の猛りの先端があてがわれた。

「入るよ」

ジェラルドがゆっくりと身を起こす。それにより俺の身体も起き、自然と猛りが中へ入ってきた。

「あ……あ……入って、くる……、ぁ……っ」

指とは比べ物にならないほど太く硬く逞しいものでそこを広げられ、快感で腰が震えた。

「あ……、ん…っ、ぅ……太い……っ」

「うん。太すぎるよね。ごめん。痛い？」

「……ちが……、気持ち、い……」

大きくて、太くて、涙が出るほど気持ちがいい。

昨夜はその大きさに血の気が引いた。でもいまは、その逞しいものが与えてくれる快感を覚えてしまった。狭いそこを開かれることすら快感に思える。

ゆっくり、ぬるりと、先端が中に入る。

彼の両腕が俺の大腿を持って、ゆっくり入るように加減してくれている。それにあわせて息を吐き、なにげなく視線を前にむけたら、ちょうど正面にある鏡台に自分の姿が映っていた。

「え……」

限界まで大きく開脚させられていて、勃起した中心も隠しようがなく、あられもない格好だ。繋がっている部分も丸見えだった。

「はは。リコの可愛いところがよく見えるね」

ジェラルドも鏡に映っていることに気づいたらしい。鏡越しに目があった。

「俺が入っているところ、見える？」

誘導するようにささやかれ、そこに目をむけた。

信じられないほど広がった入り口に、彼の太い茎が入っている。興奮して赤黒くなった茎の表面には血管が浮き出ていて、でこぼこしている。それがすこしずつ、俺の中へ入っていく。ものすごく卑猥(ひわい)な光景で目を背けたいのに、目を離すことができず釘付(くぎづ)けになってしまう。

やがて茎がすべて俺の中に納まった。

「これ、すごく興奮する……」

ずっぷりと奥まで串刺しにされると、彼がゆっくりと腰を動かした。納まっていた茎が俺の中から再び姿を現す。ぬらぬらと濡れていて、卑猥さが増していた。すこし引かれると、ぬぷっと音がし、突かれると、ずちゅ、といやらしい水音がする。

「あ……ぁ、……んっ」

彼が俺の中に出たり入ったりするところを見せられながら、ゆっくりと、中のいいところをしっかりと擦られて、ひどく興奮させられるとともに身体が熱くなる。

「昨夜より、俺の形に馴染んできてるね……」

身体を揺さぶられながら耳元でささやかれ、はあ、と心地よさそうに吐息を零されたと思うと、ねっとりと耳の穴を舐められる。背筋をぞくぞくと快感が這いあがる。

「気持ちいい……?」

「い、い……っ、すご……、ん……っ」

「俺も、すごく、いい……。すごく締まって……」

彼の腕が、俺の膝裏を通って指を伸ばし、俺の乳首を弄りだす。つまり俺の脚はM字に開脚させられている状態だ。とんでもない痴態が鏡に映しだされる。こんなの、恥ずかしすぎる。

「あ……、それ…、や……、ぁっ」

「やじゃなくて、いい、でしょ……素直に言わないと」

勃起した乳首を指先で弾かれた。

「あ……ぅ」

びくりと身体が震える。じんじんと痺れるような痛みと快感が入り混じる。

「ほら、ちょっと弄っただけで、もうこんなに硬くして……乳首、好きだよね」

また、ぎゅっと摘ままれた。昨夜はシャワー室でもそのあとも、ずっとそこを弄られ続けた。おかげで昨日よりもさらに明確に、そこで感じるようになっていた。

とても恥ずかしいけれど、それ以上に気持ちがよかった。

「っ……、い、い……、です」

「乳首を弄られながら、お尻の中を俺のでゴリゴリされるのが、リコは好きなんだよね」

「…………」

「あれ。違う？」

「……。違わない、です」

恥ずかしいことを言われていると思う。でもそれを言われ、言わされることでさらに身体が興奮し、快感が増すことを昨夜教えられた。だから自分から進んで、いやらしい言葉を口にしてしまう。

「ジェラルドの……大きくて……、っ……、気持ち、いい、です……。乳首も……好き……」

よく言えたというように、ジェラルドがこめかみにくちづける。

「それはよかった。もっと、してほしい？」

「ん……、もっと、いっぱい……っ」

両方の指で乳首を弄られ、敏感な首筋を舐められ、後ろを貫かれ、奥を突かれる。前など弄られなくても我を忘れるほど気持ちよかった。

彼の猛りで、広がっている入り口が蕩け、ぐちょぐちょになってくる。抜き差しするたびに体液がそこから零れ、卑猥な水音が響き、音にも犯されている気分になる。

はあはあと、自分の荒い呼吸も耳につく。

何度もなんども、繰り返し奥のいいところを突かれ、擦られる。徐々に身体が昂ってきて、我慢できなくなる。

「あ、あ……もう……っ」

彼の腕を快感に震える手でつかむ。

「うん。達っていいよ」

特別激しく突かれたわけでもない、おなじようなゆっくりとしたリズムで抜き差しされながら、俺は一度目の熱を放った。

「あ、ぁ、あ……んっ」

びゅくびゅくと吐精し、それが自分の猛りを濡らして流れ落ち、結合部も濡らす。下肢をびくびくと震わせて達っているんだけれども、抜き差しがとまることはない。

ぬちぬちと、音を立てて出し入れされている。

「あ、あ……ジェラ……ド……っ、い、い……っ、そこ、……っ」

ジェラルドが気持ちよさそうに荒い息を吐く。

「中、ひくひくしてる……いやらしいね、リコ」

「っ……、言わ、ないで……っ」

「うん。でもさ、前を弄ってもいないのに、乳首と後ろでこんなに感じちゃってるんだよ。ほら、鏡見てよ」

乳首を弄られ、尻に男の猛りを咥（くわ）え込み、身体を揺すられて淫（みだ）らによがっている己の痴態は相変わらず鏡に映しだされている。

「や…、だって、ジェラルドが……っ」

「うん。俺がリコをいやらしくさせてるんだよね……あー……」

抜き差しがすこし勢いづいた。

「俺も達きそ……」

耳元で続いていた興奮した息遣いがとまった。奥のいいところを強く突かれ、どくどくと音を立てて中に熱を注がれる。

「リコ……っ」

身体を強く抱きしめられ、そして頭を引き寄せられて、やや無理な体勢からくちづけられた。

「んん……っ」

くちづけながら、腰を揺すられる。奥にだされたもので身体がよけい熱くなった。全身を溶かされそうだ。

「中に、だしたよ」

「ん……、気持ちい…、です……」

昨夜いろんな抱かれ方をしてわかったが、俺は中出しされて、中をたっぷり濡らされたまま抜き差しされるのが好きらしい。

「もっと、擦ってあげるよ」

唇を離すと、ジェラルドはまた先ほどとおなじ調子で腰を振るう。

中がぬるぬるして、めまいがするほど気持ちがいい。結合部はわずかな隙間もないほどみっちりと嵌(はま)っているのに、抜き差ししていると次第に中から体液が染みだしてきて、突かれるたびにいやらしい派手な音を立てた。

「……は……ぅ、ん……あ……」

身体が熱く、汗がしたたり落ちる。寄り掛かる彼の身体も汗ばんでいる。

「俺をここに受け入れて、まだ二日目なのにね……、ああ、中が吸いついてくるよ、すごいね、リコ」

「知らな……っ」

「激しくしても、ゆっくりしても、どうやってもめちゃめちゃ感じちゃうんだね……」

激しくてもゆっくりでも、どうされてもおかしくなるほど気持ちがよかった。

いまは依然としてゆっくりした抜き差しなのに、心臓は全速力で疾駆して、苦しいほどだ。

いちど達ったのに身体の熱は引かず、全身が快感で満ちている。

一日中ずっと後ろを貫かれていたいと思うほど、ジェラルドとのセックスは気持ちよすぎた。

まだ二日目なのに。ジェラルドのことが好きなわけでもないのに、これほど感じてよがっている自分が信じられない。

自慰で満足していた頃の自分が、いまは信じられないとも思う。これを知ってしまったら、もう抜けだせない気がする。

彼は以前から俺に優しかったけれど、こういう関係になってから一段と甘やかしてくれるようになっている。だからよけい、なんというか……心地よくて……。

「あ、ぁん……、ジェラルド……っ」

快感で頭がぼうっとする。後ろで出入りしている彼の猛りのことしか考えられなくなってくる。

ずちゅずちゅと音を鳴らして、出て、入って。張りだしたところが、内側から前立腺を刺激している。

気持ちよくて、涙が溢れた。

「また、達っちゃう……っ」

快感が身体に収まりきらなくなり、放出を熱望しだす。耐えようとしてつま先に力を込めるが、震えて力が入らない。

ふいに乳首を強く摘まれ、快感が溢れた。

「あ、あ、っ……ぅ、んっ」

また俺は達った。それでも後ろの出入りはとまらない。

「あ、あ……、ジェラルド……っ」

「可愛い、リコ。何度でも達って……」

延々と際限のない快楽を与えられ続け、望み通り一日中抱かれ、彼に溺れ続けた。

五

昨日はけっきょく仕事を放棄し、夜までずっと抱きあった。そして夕食をとったあとも、部屋に戻るなり夜更けまで延々とやり続けた。

朝目覚めると、となりでジェラルドが半身を起こし、頭を抱えていた。

「ジェラルド?」

「ああ、おはよう」

「おはようございます。どうしました」

「うん……俺、完全にきみに溺(おぼ)れてる」

ため息まじりに告げられる。

「やばいなあと思うよ、自分でも。リコに夢中で仕事もしないでさ。浮かれすぎだよ」

昨日のことを反省しているらしい。俺も昨日の痴態の数々を思いだし、赤くなった。ずっとやり続けて終わらなかった責任は彼だけでなく、俺にもある。

抱きあっていれば襲われる心配がないからと思っていたのは最初だけで、途中からはもう、快楽のことしか考えていなかった。

「すみません。俺が誘ったから」

「最初に仕掛けたのは俺だよ。リコはああいう行為を覚えたばかりだから、無理もないと思う。でもさ、俺はきみよりずっと大人なんだよ。もうちょっと分別ある行動をしないとまずいよね」

ジェラルドが俺にキスをして、立ちあがる。

「リコ、動ける？　って、毎朝訊いてるね」

「たぶん、動けます……どうにか」

今日で乗船四日目。今日は寄港地はなく、ずっと船に乗っていることになる。

「今日は荷積みもないですし、どうしますか」

「今日は実質休みだよね。昨日休んじゃったから、罪滅ぼしに今日はがんばりたいところだけど」

ジェラルドが考えるように腕を組む。

「昨日俺たちが部屋にこもっているあいだに密輸品が積み込まれた可能性もあるから、倉庫を確認しにいく――のは、無謀すぎるしね」

ジェラルドは知らないが、まだ密輸品は積み込まれていない。なのに倉庫に忍び込んで、乗組員に見つかるリスクを背負うのは賛成しかねた。

「それは……。犬もいませんし、ふたりだけでは、大変な作業ではないかと」

「だよね。そんな危険を冒すこともないか。船内を探検しているふりで、乗組員の動向を観察することにしようか」

「はい」

「乗組員だけじゃなく乗客の中にも、気にかかる人物は、これまでにいたかい？」

密輪に関わっているのは船長とマフィアのボスのラウロなんだけど、もう言ってもいいものか。

俺は顎に手を添え、迷いつつ口にした。

「……昨日俺を助けてくれた男、ラウロは……堅気（かたぎ）じゃなさそうですし、ただの観光客とは思えません」

「そうだね。彼もマークしよう」

「はい」

身支度をして、朝食をとりにカフェへむかった。

遅い時刻だったため、カフェのデッキスペースにはけっこう人がいた。

昨日とおなじメニューを注文して席につく。周囲の女性の視線がジェラルドにむけられるのが目に入る。

見慣れた光景だ。この三年、仕事で彼と街へ出かけて、彼が女性から注目されなかったためしはない。もう見慣れてしまって気にもならないはずだった。

でも今日は、その視線が気になる。

昨日も下船して島を歩いていたとき気になった。でもそれは、ジェラルドの連れとして自分がどう見られているかとか、俺たちの関係をどう見られているかという、自意識による気になり方だった。

今日もそういうことが気になるけど、それよりもなんていうか、純粋にジェラルドのモテ具合が気になった。

ジェラルドを見る女性たちにも連れがいる。女性ばかりのグループもいるけれど、多くは男女のカップルだ。連れがいるのにジェラルドばかり見ていていいのかなあと余計なお世話なことを思ってしまったりもする。

なんだろうこれ。

よくわからないけれど、心地よい感情ではない。

俺は形容しがたい感情を持て余しながら、目の前でエスプレッソを飲んでいる彼を見つめた。

格好いいよなあ、ほんと。

ため息しか出ないよ。

格好いいだけじゃなくて温和で、優しくて、大人で、貴族で、エリートで。恋人なんてよりどりみどりのはずなのに、どうして俺なんて好きになったのか、謎でしかない。

いやまあ、俺のシナリオのせいという話もあるけどさ、ジェラルドが俺を好きにならないという道だってあったんだ。

「視線が熱いよ、リコ」

じっと見つめていたらからかうように言われたので、俺も気になっていたことを口にした。

「ジェラルドは、男が好きなんですか」

唐突な問いに、ジェラルドはむせた。

「……なに、いきなり」

「ちょっと気になって」

彼は動揺を落ち着かせるように俺から視線を外し、咳払い(せきばら)いをしてから、改めて俺を見た。

「ええとね。男が好きというわけじゃない。性別はあまりこだわらないかな」

ということは、バイなのか。

「いままで、女性とも男性ともつきあったことがあるんですか」

「……あるけど」

心臓が、ドクリとした。

男とも、あるんだ……。

「いや、リコ、そういう話はよそうよ。そりゃあこの歳(とし)だから、過去はあるよ。でもいまの俺はリコだけしか見えてないよ」

「あの、それはわかっていますが、純粋な好奇心と言いますか。恋人は女性と男性、比率としてはどちらのほうが多かったですか」

「だから……。……内緒」

ジェラルドが苦笑して言った。

「恋人の過去の恋愛遍歴なんて、詳しく聞かないほうがいいと俺は思うんだけど。過去の相手に嫉妬とか、不毛な気分に陥りやすいから」

「そういうものでしょうか」

「うん」

「でも……ずるいです。俺が恋愛経験ゼロってことをあなたは知っているのに」

「まあまあ。きみが思っているほど俺はモテないし、つきあった経験もそんなにないよ。男爵家の次男坊なんて、貴族の世界じゃ無価値だよ」

「それは嘘です」

「嘘じゃないって」

ジェラルドが笑ってなだめる。

「でも嬉しいね。きみが俺のことに興味を持ってくれるなんて」

色っぽい流し目を送られてしまい、ドキドキしてしまってそれ以上聞くことはできなくなった。

でも、そうか……。

ジェラルド、男ともつきあった経験があるんだな……。

それを知ったら、なぜかやけに動揺した。

女性はあるだろうと思っていた。でも男性ともあるとは、あまり考えたことがなかった。

男の俺とのセックスに慣れている様子を思えば、べつに意外なことじゃないのに。

なんとなく胸がもやっとした。

なぜもやっとするのか、よくわからない。もやもやの正体も、よくわからない。

過去に嫉妬するから聞かないほうがいいとジェラルドは言うけれど、このもやもやは、嫉妬やヤキモチというものではないはずだ。だって俺は、ジェラルドに恋愛感情を抱いているわけじゃないんだし。

俺は持て余した感情を押し流すようにカフェラテを飲み干した。

朝食を終えると、俺たちは船内をゆったりと歩いてまわった。

デッキやラウンジでくつろぐ客を眺めたり、まだオープンしていないカジノ場や劇場もふらりと立ち寄って従業員の様子を眺めたりして、船内を一通りまわると昼過ぎになった。

昼食をとったあと、デッキへ行くとラウロがいた。

プールサイドのデッキチェアに寝そべっている。

「暇だし、日光浴でもしようか」

デッキチェアはプールにむかっていくつも並んでいて、ジェラルドは迷わず、彼からひとつ空けたところへすわった。

正直、あまり近付きたくないんだけどしかたない。

ラウロルートの俺は、乗船二日目に彼に襲われ、三日目に彼の部屋に監禁される。そして、明日停泊する島には彼の隠れ家があり、そこに閉じ込められて船に戻れなくなる。

現在四日目なので、いまからラウロルートに分岐することはまずないと思う。でも関わって無傷でいられるとは思えないので、できるだけ関わりたくない。

とはいえ、仕事上、ずっと避け続けるわけにもいかない。

ジェラルドのとなりのデッキチェアにすわろうとしたらむこうもこちらに気づき、にやりと笑いかけてきた。

「よう」

「……昨日はどうも」

かるく会釈して目をそらす。彼はジェラルドにも目をむけ、それからまた俺に含みのあるまなざしをむけてきたので、俺はそ知らぬふりで横たわった。

彼はすこし俺を見ていたけれど、やがて仰向(あおむ)けになって目を瞑(つぶ)り、それ以上声をかけてくることはなかった。

気候は穏やかで気持ちがいい。昨日の疲れが残っていて、目を瞑ると眠ってしまいそうだと思いつつ、でも寝ないように気を張って目を瞑る。

しばらくして、前方から「きゃっ」と女性の悲鳴があがった。目を開けると、プールサイドからプールの中を覗いているふたりの女性がいた。

「どうしました」

俺は起きあがり、声をかけた。

憲兵の性というか、困っていそうな市民を見ると反射的に声をかけてしまう。前世の俺だったら様子を窺うだけで自分から声をかけたりしなかったなあなんて思いながらプールサイドへ歩み寄る。

「イヤリングが落ちてしまって」

覗き込んでみるが、よく見えない。

水は冷たい。でも凍えるほどではないから飛び込んでもいいんだけど、でもいまの俺の身体はキスマークだらけだから、服を脱ぐのがちょっと恥ずかしいんだよね。乗組員でも呼んでこようか、と思っていたらジェラルドがとなりに立ち、虫取り網を水に入れた。

「虫取り網なんて、どこから」

「そこにあったよ。虫の死骸が浮かんでると美観を損ねるから、まめに掃除してるんだろう」

ジェラルドは虫取り網でプールの底を探り、イヤリングを引きあげた。

「ありがとうございます！」

「どういたしまして」

ジェラルドは女性たちに営業用スマイルを見せて虫取り網を元の場所に戻すと、再びデッキチェアへ戻った。

女性たちは立ち去るかと思ったら、ジェラルドのとなりのデッキチェアにすわった。ラウロとのあいだのチェアだ。

女性のひとりがジェラルドに尋ねた。

「おふたりで旅行されてらっしゃるんですか」

ジェラルドがそうだと答えると、女性たちは嬉しそうに続けて話しかける。

最初に声をかけた俺のことなんてまるで無視だよ。

あー。もしかしてこの女性たちは、ジェラルドと話したくてイヤリングを落としたんだろうか。

ありえるなあと思った。

以前も似たようなことがあったんだよね。

ジェラルドとお近づきになりたいがために、会話するきっかけを考えて、勇気をだして実行したんだと思うと、いじらしいことだと思う。でも、ちょっともやっとした。

そんなことをしたって、ジェラルドは俺のことが好きなんだから、あなたたちには靡(なび)かないよと教えてやりたいような、意地の悪い感情が胸に芽生えて、そのことに俺は驚いた。

なんだ?

なんで俺、そんなことを思ってるんだろう。

以前似たようなことがあったときは、ジェラルドはモテるなあと思っただけだったんだけど……。

戸惑いつつ彼らの様子を見る。ジェラルドは消極的に、失礼にならない程度に受け答えしている。

女性たち、早くどこかへ行ってくれないだろうか。俺たちはラウロのそばにいたいから、できればここを離れたくないんだよ。

ラウロは女性たちのむこうにいる。

彼は、くくっと笑って俺を見た。そして立ちあがり、俺のほうへ歩いてきた。

「うるさいからこっちに移動するぜ」

言いながら俺のデッキチェアに手をつき、俺の耳元でささやく。

「あのお嬢さん方、あんたの情夫狙いで近づいてきたんだぜ。イヤリングもわざと落としたんだ。気づかなかったか」

「……さっき気づきましたよ」

答えたあとで、無視するべきだったかなと思ったがもう遅い。

「ヤキモチやいて睨(にら)んだりして、可愛いなあ、あんた」

「睨むって……」

ヤキモチなんてやいていないし睨んだりもしていない。だいたい誰を睨んだというのか。

ジェラルドか、女性たちか。怪訝に思って眉を寄せると、彼がさらにニヤニヤした。

「なんだ、自覚ねえのか。あんなわかりやすい顔してたくせに」

ヤキモチなんて……。

俺が、ジェラルドに……？

そんなの……。そう……なんだろうか……。

でもたとえそうだとしても、この人に言われる筋合いはない。

俺は黙ってラウロを睨んだ。

「おい、なんだその目つき。俺は恩人だぜ。忘れたか？」

「……。その節は、ありがとうございました。でもからかうのはやめてください」

「からかってなんていないさ。俺は助けたご褒美がほしいだけさ」

ラウロの指が、俺の顎を撫でた。

「なあ。いまから俺の部屋へ来いよ。ご褒美をくれ」

「……お礼でしたら、それなりの品を、あとでなにかお届けします」

「品物がほしいわけじゃねえよ。わかるだろ。昨日あんたの部屋を調べてわざわざ行ったんだが、廊下までアンアン声が聞こえてきてよお。お楽しみの最中だったから遠慮して引き返したんだぜ」

廊下まで聞こえたって……。

喘ぎ声を聞かれたと知り、俺は絶句して顔を赤くした。

「んで、夜にもう一度行ったら、またアンアン聞こえてきやがる。おまえら、どんだけやってんだよ」

「………」

うう、ごもっともです。なにも言えません。

「昨日はおとなしく我慢してやったんだ。今日は俺の番だぜ」

ラウロが俺の腕をつかむ。次の瞬間、反対側からジェラルドの腕が伸びてきて、ラウロの腕をつかんだ。

「連れが、なにか?」

ジェラルドが、怒りを隠さずラウロを睨む。

ラウロはニヤニヤしながらそのまなざしを受けとめた。

と、そこへ男がやってきた。スーツを着て身なりはきちんとしているが、堅気でない雰囲気。ラウロの手下か。

「ラウロ。ちょっと」

男がラウロに耳打ちした。するとラウロは舌打ちし、俺から離れる。

「野暮用だ。またな、リコ」

ひらひらと手を振って手下とともに去っていく。彼の姿が見えなくなってから、俺は深く息を吐きだした。

なんなんだよもう……。

「リコ、行こうか」

「ええ」

名残惜しそうにしている女性たちは置いて、俺たちはラウロの去って行ったほうへ歩いていく。

「なにを言われていた」

あまり言いたくない気がした。

「たいしたことではないです」

「教えて。これは恋人としてじゃない。任務として、容疑者の言葉は共有したい」

そう言われてしまったら黙っているわけにはいかない。

「……要約すると、抱かせろ、ということでした」

ジェラルドが押し黙り、前方をものすごい目つきで睨みつけた。

「……彼と知りあいじゃないんだよね」

「はい」

「でもなんだか、遠慮のない間柄に見えた。気のせいかな」

内心、どきりとした。

彼に捕まったら大変なことになるから、当然警戒している。でも彼のことは知っている。彼を書いたのは俺だ。性癖その他、いろいろと問題のある男だが、彼の泣ける生い立ちや、愛嬌のあるところも知ってしまっている。実際に会うのは初めてだけど、昔馴染みに再会しているような気分になってしまうのはどうしようもない。

「この船に乗って、初めて会った男です。でも会うたびにいやらしいことを言われていたら、俺だって遠慮する気も失せます」

「そうか」

ジェラルドが頷いた。納得してくれたかな。

階段を降り、客室の廊下を歩いていくと、ずっと先にラウロたちの背中が見える。もうひとり、手下らしき男がいた。

明日、密輸品が搬入されることは知っているが、どういう手筈になっているか、詳細は俺も知らない。なので手下の顔は頭に入れておく。

彼らは客室へ入った。ラウロの部屋は上階で、たぶんテラスもついているような広い客室だろう。

「様子、窺いますか」

「いや。今日は大きな動きはないはずだし、俺たちの顔も覚えられているから、ここまでにしよう」

俺たちは来た道を引き返した。

歩きながらこっそりあくびを嚙み殺したら、ジェラルドに見られた。

「リコ、眠そうだね」

「はい……」

昨夜の寝不足がたたっている。ラウロとの接触で緊張した気持ちがどっと緩んだのもある。

「部屋で昼寝でもする？　それともデッキで寝る？」

「でも、昨日サボったのに今日も怠けるわけには」

「今日はもともと、たいしてすることはないんだから無理することはない。夜カジノを見に行きたいから、それまで休むといい」

「ジェラルドはどうしますか」

ジェラルドがクスッと笑う。

「俺も眠い。デッキに行ってまた絡まれると嫌だから、部屋で寝ようか」

ということで客室へ戻り、上着とズボンを脱いでふたりでベッドへ転がる。すると先ほどラウロに言われた言葉が脳裏によみがえった。

俺がヤキモチをやいていた、と。

言われたときは、明らかにからかう口調だったし、相手がラウロだったので、動揺して冷静に考えられなかった。

でも落ち着いて考えると——あの感情は、たしかにヤキモチだったたと思う。

俺はジェラルドを恋愛対象として見たことはなかったはずだ。

この船旅までは。

でも、いまは。

いまは……。

俺……。

考えられたのはそこまでだった。

睡魔に襲われ、目を瞑ったらすぐに眠りに落ちた。


なんだか、身体をさわられている感じがして意識が浮上した。

お尻に指を入れられている感触がする。ジェラルドがいたずらしているのだろうかと思いつつ目を開けると、船長の顔が目の前にあった。

ぎょっとして飛び起きると、お尻から指が抜けた。だが腕を拘束され、ベッドに押さえ込まれた。

「な、な」

なんでこんなことになっているんだ！

部屋は自分の客室。ジェラルドは、と周囲を見ても、彼はいない。

どうして？

「べつの場所に移動しよう」

彼がそう言い、手錠をとりだした。

う、嘘……。

そのとき、部屋の扉の鍵(かぎ)が開く音がした。船長が舌打ちして手錠をしまう。

「早いな……」

扉が開く音。

「リコ？」

ジェラルドが駆けてきた。

「船長？　なぜあなたが」

「失礼」

船長はジェラルドの脇を通り過ぎて部屋を出ていこうとしたが、ジェラルドが遮った。

「ちょっと待ってください」

胸ぐらをつかみ、いきなり横面(よこづら)を殴りつけた。船長がよろけて壁にぶつかる。ジェラルドはさらにもう一発殴りつけた。

「なぜここにいる！　リコになにをした！」

「……事情も聞かずに殴りつけるとは野蛮ですね」

船長は頬を押さえ、静かに答えた。

「昨日そちらのお客様が医師から薬を貰ったと報告を聞きました。乗客の体調を把握するのも船長の務めですから、様子を窺いに来たんです」

「それでどうしてベッドにいる」

「誘われましたので」

はあ？

「ちょ、なに言ってるんですか！　俺、目が覚めたら襲われてて……！　誘うなんて、誰が……っ！」

俺は反論しながら起きあがろうとしたが、下着を中途半端に下ろされた状態だったので、ベッド上でよろけた。

船長がしれっと言う。

「恋人に、ほかの男を誘惑したとは言えませんよね。そういうことにしておきたいですよね」

「ちが……っ」

船長がジェラルドに顔をむける。

「私が扉を叩いたら、お客様が扉を開けて、招き入れてくれたのです。彼が眠っていたなら、私が入れるはずがない」

俺は横から口を挟んだ。

「合鍵を持っているでしょう！」

「船長である私が、合鍵を使って勝手に入ると？　あり得ないことを言う」

よくもまあいけしゃあしゃあと。一昨日、鍵を勝手に開けたじゃないか！

怒りのあまり言葉が出てこず、口をパクパクさせてしまう。

俺が文句を言う前に、ジェラルドが低い声で言った。

「俺はあなたに呼ばれて部屋を出ていて、結局会えずに戻ってきたんですが。どういったご用件でしたか」

船長が首をかしげる。

「さて。私はあなたを呼んだ覚えはありませんが。呼びに来たのは乗組員でしたか」

「ええ」

「なにか勘違いしたのですかね。とんだ失礼をいたしました」

「リコに手出しをするのは、金輪際やめてください。次は訴えます」

出ていくようにと、ジェラルドが出口を指し示す。

船長はうっすらと笑みを浮かべながら部屋から出ていった。

ジェラルドは扉に鍵をかけるとこちらへ歩いてきてベッドの前に立ち、俺を見下ろした。

「……俺、部屋の鍵をかけて出ていったんだけど……リコは、寝てた？」

俺が大きく頷いた。

「あの人、俺が招き入れたなんて言ってたけど、嘘です！　俺、本当に眠っていて、気づいたらのしかかられてて……っ」

「うん……リコを疑いたくはないけど、でも、船長が客室を勝手に開けるなんていうのも……ちょっと考えられない話だし」

うわあ、俺、疑われてる？

たしかに船長の主張のほうが信じられるだろう。船長が客室に勝手に入るなんて、ふつうは考えられないものね。だけど彼はそういう人なんだ。あああ、どう言ったらいいんだ。

「あの人は非常識な変態だか、ら……、あ、……っ」

なぜか身体が熱くなってきて、言葉が途切れた。

ぞくぞくと背筋が震える。得体のしれない感覚に見舞われ、耐えきれなくて両腕で身体を抱きしめながら前のめりに倒れ込んだ。

「リコ、どうした」

「なんか……変……、ぁ……っ」

「あいつになにかされたのか」

「わかんな……、そ、いえば……指……お尻に……、指は、すぐ抜かれたけど……なにか入れられて……っ」

よくよく思い返すと、指だけでなく、ほんのわずかだが硬い感触のものも入れられていた気がする。

「なんだって……」

ジェラルドがベッドにあがり、俺の腰に触れた。とたん、腰に震えが走り、身体がのけぞった。

「あ、あ……っ！」

「ちょっとごめん。指入れるよ」

後ろに指を入れられた。一気に身体の熱があがる。

「ひ、あっ！　な、なに、これ……っ！」

強烈な快感で身体の震えがとまらない。粘膜の奥で指を動かされ、そのたびに身体の中でなにかが弾けるようにびくびくと震えてしまう。

「なにもない……溶けたか」

指が引き抜かれる。

「な、なに、が……、や、あっ」

「この様子だと、即効性の媚薬か……？」

「な、な……っ」

なんだって……っ！

媚薬を入れられたというのか。だから身体がこんなことに……。

「くそっ。あいつ、もっと殴っておくんだった」

ジェラルドがベッドを殴る。

話している短いあいだにも身体の熱はどんどん高まり、制御できなくなってくる。

「ジェラルド……っ、ぁ……っ」

欲望が身体の中で渦を巻いて苦しい。どうしたらいいのかわからず、震える手で彼の腕をつかんだ。泣きそうになりながら彼を見つめると、俺を見る彼の瞳に情欲の熱が灯った。

「……うん。いま、楽にしてあげる」

下着を脱がされ、四つん這いの格好にさせられて後ろに指を入れられる。

「ひ、ぁ、早く……っ」

身体も頭も燃えるように熱くなり、全身から汗が流れる。

早く、早くどうにかしてほしい。指ではない、もっと逞しいもので貫いてほしい。腰をくねらしてねだるが、ジェラルドは指でほぐすのをやめない。

「ちゃんとほぐさないと。だいぶ柔らかいけど、まだ入らないよ」

入り口は熱を持ち、じんじんと痺れている。彼が無理だというならまだ入らないのだろうと思うけれども、我慢できない。まるで焦らされているようで、涙が溢れた。

「や、あ……っ、挿れて……、ジェラルドの、挿れて……っ、ぁ……っ」

「もうちょっと……」

三本の指でほぐされ、ようやく引き抜かれる。そして代わりに彼の猛りを挿れられた。

「あ、ああっ！」

一気に貫かれ、その快感で俺は達った。

でも性欲は収まらない。もっともっと、そこを擦って、突いてほしかった。

「あ、ぁ、は……っ、ん……もっと……っ」

俺の望み通り、深く強く、激しく突かれる。荒々しい律動に俺は狂喜し、我を忘れてそれを求めた。

「ジェラルド……っ、ぁ、ん……っ、や、ぁ」

気持ちいいなんて生ぬるい言葉では言い表せない。

頭の芯が痺れ、身体がドロドロに溶け落ちる。

「あっ、あっ……、ジェラルド……っ、苦し…、ジェラ…、ド……！」

彼の名を呼びながら、俺はすぐにまた達った。それでもまったく欲望は収まらない。

身体が熱くてたまらない。どうしようもなく身悶え、獣のように意味をなさない声をあげた。

「ひ、ぁあ…っ…、たすけ……あ、う、ぁ……」

「くそ……っ」

ジェラルドが忌々(いまいま)し気につぶやき、激しく腰を打ち振るう。激しい律動に俺は体勢を保てず、肘(ひじ)をついた。そのまま顔もシーツに埋(うず)め、腰だけを突きだした格好で身体を揺すられる。涙も涎(よだれ)もとめられない。身体の熱を吐きだしたくて中心を自分で扱(しご)き、三度目の吐精をしたが、出たのはほんのすこし。連日散々抱きあっているから溜(た)まっていない。それなのにだしたい欲求がものすごい。

「あ、あ、……ジェラルド…っ、ぁ、もっと……、ああっ！」

正気を保つことなどできず、ひたすら喘ぎ、快楽にすべてを支配される。出るものなどなにもなくても何度も達き、やがて意識を手放した。

六

「まさかと思うけど、俺たちが憲兵ってばれてるのかな」

嵐のような一日を終え、媚薬の効果も収まった翌朝、ジェラルドがカフェでエスプレッソを飲みながらぼやくように言った。

「どうしてですか」

「いや……リコが襲われまくって、仕事ができないこの状況がさ……敵の戦略かと。いや、冗談だけどね」

「本当にすみません……お世話になってばかりで」

昨日、抱かれていたあいだの記憶は曖昧(あいまい)なんだけれど、ものすごーくジェラルドに世話をかけたことは、身体の疲労具合でわかる。

俺、乗船してからセックス三昧(ざんまい)だしストレス過多だし、体重落ちてるんじゃないかな……。

「いや、きみが謝ることじゃないけどさ……船長とも知りあいじゃないんだよね」

ジェラルドの栗色の瞳が、探るように俺を見る。

「はい。この船で初対面です」

初対面なのは嘘じゃない。でもまったく知らないわけでもない。これを正直に話せないもどかしさよ。

ジェラルドも、俺の態度がどこかおかしいと気づいている。

「そう……。昨日のきみ、あの人は変態だとか、彼を知っているような物言いをちらっとしていた気がするんだけど」

そういえば、身の潔白を主張したときにうっかり口走ってしまったかも。

「そ、それは……。ほら、以前、急にキスされて。あのときも変態なことを言われたから……」

「そうか……。そうだね」

本心から納得してくれたかは不明だが、彼は懐疑的なまなざしを引っ込めてくれた。

明らかにおかしいのに、俺のことを信じようとしてくれている。

「それにしても、どうしてこれほど、リコばかり目をつけられるかな。船長といいあの男、ラウロといい」

奇妙に思って当然だろう。船に乗る前の俺は、多少声をかけられたことはあったけど、ここまでしつこく絡まれたことはなかったんだ。

「わかりませんけど……でも、ジェラルドだって、女性にすごく言い寄られてますよね。でも相手が女性だから、俺みたいに急に襲われないだけで。船旅の非日常感で、みんな開放的な気分になってるのかも」

「船長は非日常じゃないだろう。でもまあ、それ以外は否定できないけどね。俺たちも、三年間なにもなかったのに、この船に乗ったらこんな関係になっちゃったわけだし」

ジェラルドが笑う。

俺はおずおずと尋ねた。

「あの、俺は船長を誘ってないって信じてもらえてますか」

「うん。毎日へとへとになるまで俺に抱かれているのに、ほかに目がいく余力があるとは思えないしね。扉の鍵のことも、リコを信じるよ。なにしろ媚薬を使われているからね。そんなものを使う男の言い分なんて、信用できない。ああくそ、思いだすと腹が立つ」

よかった。信じてもらえているようでほっとする。

「ありがとうございます」

お礼を言って、ふと思う。

なんで俺、ほっとしているんだろう……。

ちょっと引っかかったけれど、続く会話ですぐに頭の隅に追いやられた。

「あの船長、いままでにもああいうことをやっていそうだな」

「ええ……」

すくなくともゲームの設定では常習犯だ。俺のシナリオがこの世界にあんな変態を生みだしたのだと思うと申しわけない。

「このまま野放しにしておくのは問題ですよね」

「うん。でも証拠がね。こういう問題って被害者が泣き寝入りするしかなくて、悔しいよね。どうにかしょっぴけるといいんだけど」

密輸の犯人は船長とマフィアのボスだ。

今日うまいこと密輸品搬入現場を確認すれば、船長の逮捕にも繋がるはず。

よし。がんばろう。

「今日到着する島は停留じゃなくて停泊でしたね」

「ああ。密輸品を搬入する機会はこれが最後。もしここでなかったら、今回ははずれってことだね。ま、よくあることだから、気楽にいこう」

「はい」

島に到着すると、俺たちは荷物の出し入れが見える船尾のデッキに移動した。

荷積みに関わる乗組員を買収できたら楽なんだけど、この件はがっつり船長が関わっているので、たぶん乗組員も息のかかった者であり、自分たちでやるしかない。

俺はカメラを持って来ていた。箱型の大きなものだ。俺のものじゃなく、職場のものなんだけど、カメラを持っている人はめずらしいので人の目を引く。俺たちが憲兵で仕事中だと怪しまれないために、ひたすらジェラルドといちゃつきつつ、島を背景にジェラルドを撮った。

そうして恋人っぽくいちゃつきながら過ごしていると、栈橋に、見覚えのある顔を見つけた。ラウロの手下だ。コンテナを船に運び入れている。

「リコ」

ジェラルドがささやく。

「はい」

俺はシャッターを切った。ジェラルドを撮るふりをして、手下たちとコンテナを撮る。

撮り終えたらすみやかにカメラを鞄にしまい、引き続きいちゃつく。

手下たちはすぐに乗船せず、コンテナを積んでいたトラックでどこかへ去った。

「夜になったら確認だね」

「はい」

なにもないデッキに長居していると怪しまれるのでいったん下船し、場所をあちこち移動しつつ念のため夕方まで搬入を見守り、深夜になったら船底の倉庫へむかった。倉庫は乗組員以外立ち入り禁止区域にあるため、関係者に姿を見られないよう慎重に進んでいく。スパイ映画の主人公のように互いに合図をしながら行き、倉庫の扉までたどり着いた。倉庫の扉には鍵がかかっている。

しかし問題はない。大きな声では言えないが、国家憲兵の特殊師団員は錠前破りをマスターしている。金庫などの特殊なものではなく、こういう一般的な扉の鍵ならばわけもない。

ジェラルドが専用の針金をだし、鍵穴に差し込む。三十秒ほどで開錠。

すみやかに忍び込む。倉庫内には大小さまざまなコンテナがある。そのなかでも今日の日付の記載があるものを確認していく。

万が一乗組員がやってきた場合の隠れ場所として空コンテナを確保しておき、黙々とチェックしていく。

「これっぽくないかな」

三十分ほど経過した頃、ジェラルドが見つけた。

黄色の木箱。よくあるものだが、ラウロの手下が運んでいたのとおなじ大きさ。品名は小麦粉と書かれている。

箱を開封すると、小麦粉の袋がたくさん詰まっている。

「これ全部ですかね」

袋をひとつ開封してみると、明らかに小麦粉ではない粒度の粗い粉が入っていた。

「試験キットありますけど、いちおう確認しておきますか？」

「いや、いいだろう。これ見たらもう充分」

袋も木箱も元通りにし、写真だけ撮って部屋へ戻った。

あとは港に着いてから容疑者を捕獲し、コンテナを押収すればいい。

無事に任務を遂行できてよかった。

倉庫で調べているときに誰かに見つかってジェラルドもろとも襲われるとか、なにか一波乱起きるかとちょっと不安だったんだけど、なにも起きなくてあっけないほどだったな。

ゲームも終盤。ジェラルドルートではイベントはもうなにも起きない。

旅もあと一日半。明後日の午前中には王都に戻る。

あとはもう、俺が考えるべきことは、ジェラルドとのことだけ、かな……。

夜明けまでの数時間、俺はジェラルドの寝息を横で聞きながら、まんじりともせず過ごした。


翌日は島に停留する予定はなく、船は母国の港にむかって進んでいた。俺たちは仕事のことは忘れ、ごくふつうの乗客として劇場で観劇し、ゆっくり昼食をとったあと中層階のデッキに出た。

景色を眺めながら歩いていると、床に五メートルくらい、ケンケンパのマークが描かれている場所があった。なにも考えずに歩いたらそのスタートラインに来て、ジェラルドがぴょんぴょん跳びはじめたので、俺もそのあとに続いて跳びはねた。先にゴールへ着いたジェラルドが踵を返し、こちらにむかってケンケンパをしてくる。互いに進んできて対面すると、彼が「じゃーんけーん」と言って腕を振ったのでとっさに俺はチョキをだしたら、ジェラルドがグー。

「俺の勝ちだ。負けたほうは勝った人の言うことをきくんだよ」

「え、そんなルール？」

思わずツッコミを入れる俺にジェラルドはいたずらっぽく笑って、すこしだけ身をかがめる。

「じゃあ、リコからキスして」

俺は目を丸くした。

「え。いま？」

にこにこした顔が頷く。

「もちろん」

恋人同士になったせいか、いつも大人な態度のジェラルドが、こんなふうにじゃれついてくる感じってめずらしい。できるかぎり俺もノリよくしたいけれど、でも、キスは。

近くに人はいないが、遠くにはたくさんいる。公衆の面前でキスなんて、この世界の人たちはけっこう平気でしちゃうけれど、でも数日前まで童貞だった俺は恥ずかしくてできない。

「む、無理ですよ」

「どうして。簡単だよ」

「ジェラルド、浮かれすぎですよ」

「そりゃそうだよ。こんなことできるの、いまだけなんだから。ほら、早く」

急かされ、俺は背伸びをして彼に顔を近づけた。

なぜ突然、俺はこんな恥ずかしいことをすることになったんだ？

なぜ俺は拒まずにしようとしているんだ？

頭の中を疑問符だらけにしながら彼の肩に手を置き、キスしようとしたが、視界の端に、こちらを見ている女性がいることに気づき、慌てて身体を離した。

「やっぱり無理です……っ」

「しかたないなあ」

ジェラルドが笑いながら小首を傾げる。

「じゃあ代わりに俺のこと、好きって言って」

彼のまなざしが甘く優しく、でもまっすぐに俺を見つめる。

「まだ俺、リコから好きって言ってもらってない」

俺は固まった。

そう。俺はジェラルドに好きだと言っていない。思わせぶりな態度だけでここまでごまかしてきたけれど、やっぱり相手も、まだ言われてないなーってわかってたよね、うん。

ど、どうしよう。

いや、どうしようもなにも、好きだと言えばいいだけの話だ。それでこの場は収まる。

好きでもないのに、この場を収めるために嘘をつくのか？

いや、でも。

俺、本当にジェラルドのこと、好きじゃないのかな。

そりゃ、初めは恋愛感情を抱いていなかった。でもいまはどうなんだ。

ほかの男だとちょっと尻をさわられただけでも気持ち悪くて我慢できなかったのに、ジェラルドだとキスをされてもさわられても嫌じゃない。セックスだって気持ちいい。微笑（ほほえ）まれたり見つめられると胸がドキドキする。女性と話している姿を見ただけでヤキモチをやく。

この気持ちって、なんだ？

これはまだ、疑似恋愛？

もともと恋愛感情抜きにしても、この人のことは好きなんだ。だから恋愛感情との境界線がよくわからない。

船に乗ってからは、以前よりも彼を観察するようになったし、そばにいるとすごく安心するんだけど、それは凌辱（りょうじょく）の恐怖からくるものだと思うし、でもそれ以外の感情が芽生えたせいでもあるのかもしれないし、よくわからなくて、だから、えーと……。

「リコ。言って。俺、聞きたい」

ジェラルドが笑みを消し、切実なまなざしをして俺を見る。

ふいに、その瞳に応えたいという気持ちが胸の奥から込みあげてきた。

俺はこぶしを握り締め、次の言葉を言うために息を吸った。

「俺……」

「好き……、です……」

その言葉を口にした瞬間、胸の奥で甘いなにかが弾けるような感覚がした。

俺を見つめる彼の目元が優しく色づく。

「……うん？　よく聞こえなかった。もう一度言って」

甘く色気のある声でささやくように言われ、全身が熱くなる。

「嘘だ。絶対に聞こえていたでしょう」

俺は赤い顔をして彼を睨んだ。その胸にパンチするように、こぶしをかるく当てる。

ジェラルドが蕩（とろ）けそうに笑った。

「リコは恥ずかしがり屋だなあ。そんなところも可愛いんだけどね」

抱き寄せられ、抵抗する間もなくくちづけられた。

「ちょ……っ」

ジェラルドは唇を離すと、俺の手を握って嬉しそうに歩きだす。

恥ずかしかったけれど俺はその手を振りほどくことができず、赤い顔を隠すようにもう一方の手で口元を覆いながら彼のとなりを歩いた。

もう、景色など目に入らなくなっていた。

空を見上げ、となりを歩く彼の横顔を盗み見て、繋いでいる手を見て、そして思う。

俺、ジェラルドを本当に好きになっちゃったのかもしれない、と。

好きだと口にして、それを耳にしたら、すんなり納得している自分がいた。

そうなんだ……。

恋人設定でもなく、ゲームの凌辱回避のためでもなく、俺、ジェラルドが好きなんだ。

「そうか……」

思わずつぶやくと、彼が見下ろしてきた。

「なに？」

「いえ」

慌ててなんでもないと首を振る。でもそのまなざしを見たら、どきどきしてよけい顔が熱くなった。なにげない表情でも格好よすぎるんだよ。意識したらもう、平静ではいられないよ。

身体の関係を持ったら好きになっちゃったなんて尻軽すぎるっていうか、自分でもどうかと思うんだけど、でも好きだと自覚しちゃったんだからしかたがない。

ともかく、もう彼をだましているという罪悪感を覚えなくてもいいんだ。正真正銘、両想いになったんだから。

そう思うと甘くふわふわした感情が胸で膨らみ、身体が浮き上がりそうな気分になった。

十二歳で初めて出会ったときのこと。それから国家憲兵になって再会したときの感動と興奮が脳裏に浮かんだ。彼の笑顔とともに歩んできたこの三年間の思い出が走馬灯のようによみがえり、こうなるのは必然だったのかもしれないと感じて胸が熱くなる。

デッキを散歩したあとホールで生演奏を聴いたり船内の土産物屋を覗いたりとまったり過ごし、夕食を終えたあと部屋へ戻る。

「ねえリコ」

ジェラルドが上着をクローゼットにしまいながら横にいる俺に話しかけてくる。

「デッキに出てから、元気がなかった気がするんだけど」

「そうですか?」

「具合が悪いんじゃないならいいんだけど。なんだかあんまり、目をあわせてくれなかったなあと。いまもほら、まっすぐ見てくれない」

う。やっぱり気づかれていたか。

ジェラルドが好きだと自覚したら必要以上に意識しちゃって、まともに顔を見られなくなっちゃったんだ。

「手も、すぐに離されちゃったし」

ジェラルドが身をかがめて俺の顔を覗き込んでくる。

「なにか、俺に言いたいことない?」

「……ええと」

俺は顔を赤くして彼から視線をそらした。でも彼の視線を顔に感じ、ますます顔が熱くなる。キスされそうなほど近くから見つめられて、ドキドキして身体も熱くて汗ばんでくる。

「俺がキスさせようとしたり、好きだと言わせようとしてからだよね。もしかして、それが嫌だった？」

頬をそっと撫でられて、俺は耐えきれなくてちいさな声で白状した。

「あの、気にしないでください。ジェラルドに……ときめいてた、だけなので」

おずおずと目を戻すと、ジェラルドが目を丸くしていた。

「なにそれ。それでなんで目をあわせてくれないの？　手を離すの？」

「だから……。顔を見ると、ドキドキしちゃうし。熱くなって、手も汗ばんできちゃったから」

彼の頬がじわじわと赤く染まる。

「可愛い、リコ」

恥ずかしくてうつむこうとしたら、がばっと抱きしめられた。

「わ」

「それって、俺に好きって言ったから？　好きって言うの、そんなに恥ずかしかった？」

彼の唇が、俺の耳や頬、まぶたにキスを落としていく。そのたびにいちいち心の中でうわっと悲鳴をあげてしまう。

「部屋に戻ったら、もういちど好きって言ってもらおうと思ってたんだけど、無理かな。代わりにリコからキスするのと、これから一緒にシャワー浴びるの、どれがいい?」

「な……。無理難題ばかり……」

「ええ? 自分から抱いてと誘えるのにキスはできないなんて、リコの基準がよくわからないんだけど」

好きだと意識したら、それまでできていたことも緊張してしまう。ちょっと指先が触れるのだって、こうして抱きしめられるのだって、以前はこれほど心臓がバクバクしていなかった。以前の自分は、自分から手を繋ぐなんてよくできていたと思う。

「自分からキスなんて、心臓が爆発します」

「それはまずいね。じゃあ、一緒にシャワーかな」

「いや、それも」

「どうして。初めてじゃないのに」

「でも——わっ」

肩に担がれてシャワー室へ運ばれた。

身体がおかしくなりそうなほどドキドキしているし恥ずかしいけれど、嫌じゃない。すごく幸せな、ふわふわした気分。

「帰ったら、一緒にシャワーなんてなかなかできないよ。これが最後の夜なんだ」

シャワー室内に降ろされると、ジェラルドにシャツのボタンを外される。たしかに、ジェラルドは自宅から通勤していて、俺は宿舎暮らし。仕事もあるし、こうして四六時中いちゃつくことは難しいだろう。

俺もジェラルドも服を脱ぐと、一緒にシャワーを浴びた。互いの身体に泡をつけて洗いあう。さほどいやらしい感じにはならず、ふざけあって笑いながら終了した。

着替えてベッドに行くと、抱き寄せられてキスをされた。

舌が入ってきて、口の中を愛撫(あいぶ)される。俺のほうからも積極的に舌を絡めた。

すごく、幸せかもしれない……。

身も心も蕩けてくると、唇が離れていった。

「帰ったらもうひと仕事だ。それが終わるまで休めないから、明日までの残りの時間を大事に過ごそう」

「そうですね」

港に着いたら捕縛、密輸品の押収、取り調べ。その後調書を書き終えたらようやく一段落となる。

「一段落したら、ふたりで打ち上げでもしようか」

「はい――」

頷きかけて、俺は動きをとめた。

任務終了後って――。

「――あれ？」

思わずつぶやく。ジェラルドが、どうしたと言うように俺を見る。その顔を見て、俺は呆然とした。

ちょっと待て。大事なことを忘れていないか、俺。

ジェラルドルートは任務終了でハッピーエンドじゃない。バッドエンドだったじゃないか。

いまのいままで忘れていたけど、ゲームでは、俺たちって任務終了後に破局することになっていたんだった。

赤かった顔が一気に蒼白になるのを自覚する。

なんてこった……。

最高に幸せだった気分が突如として奈落の底へ突き落とされた気分だ。

「リコ？　どうした」

急に顔をこわばらせた俺を、ジェラルドが心配そうに見つめる。

「いえ……。なんでもないです……」

「なんでもないって感じじゃないけど」

「ええと、その。もう旅も終わりなんだなってガッカリしちゃっただけです」

どうにか笑みを作ってとり繕うと、ジェラルドはそれ以上追及せず流してくれた。

まだ寝るには早い時間だ。セックスする感じでもなく、ベッドに寝そべって他愛ないことを喋りながらいちゃついた。

でも心の中はそれどころじゃない。なかば上の空で返事をしていたら、ジェラルドに苦笑された。

「もう眠いかい？」

「はい……すみません」

まったく眠れそうな気分じゃなかったけれど、そういうことにしておく。

「昨夜もあまり眠れなかったし、疲れてるよね。俺も寝るよ」

照明を消し布団をかぶる。改めて今後のことを考えようとするが、ショックが大きすぎて思考がまとまらない。

好きだと自覚したばかりなのに。もうすぐ別れるなんて。

そう思うと胸がギュッと締めつけられた。

やっぱり俺は、ジェラルドが好きだと思う。

別れるなんて、悲しすぎる。こんなに幸せなのにすぐに破局するなんて、信じられないし信じたくない。

落ち着こう。とにかく思いだそう。どういう理由で別れるんだった？

前世の記憶を必死に手繰り寄せようとしたが、ほとんど思いだせない。

唯一思いだせたことは、破局を迎えるのは下船一週間後ということだけだ。具体的な理由はわからない。シナリオには破局の詳細を書いていなかったかな。単純な気持ちのすれ違いだったかな。いや違うな、なにか書き直したか？

あー、だめだ。思いだせない。

ジェラルドルートはさほど重要なルートじゃなかったから、そんなに考えずに最後は適当に終わらせちゃったんだろうな。だからよく覚えてない。

簡単にでも破局の理由がわかっていれば、それを回避する手段も考えられるのに。

うう、どうしたらいいだろう。

ジェラルドルートに入ってしまったから、もう回避することはできないんだろうか。諦めるしかないんだろうか。

でも、そんなのは嫌だと思う。

せっかく結ばれたんだ。どうにか回避する道を探したい。

破局の理由でありえそうなのってなんだろう。

なんと言っても凌辱系ゲームだから、じつはジェラルドもその気があって、ＳＭプレイを誘われたとか？　それを拒んだとか？

それともどちらかの浮気とか？

ジェラルドはモテるからその可能性はあるけど、でも三年も俺に片想いしていてようやく想いが通じた直後なのに、もう浮気っていうのもどうかな。俺が浮気なんてありえないし。

うーん。ピンとこない。

ちょっと考えただけでは予想もつかなかった。

でも諦めない。諦めたくない。

ここはゲームの世界だけど、ゲームじゃない。この船旅のあいだも、予想外のことがたくさんあったじゃないか。だから選択肢はきっとひとつじゃない。

俺はとなりで眠る彼の腕にそっと触れた。この腕を離さないために、どうしたらいい。

必死に考えるも、破局の原因がわからなくてはいい案など思い浮かぶはずもなく、俺は悶々と悩み続けた。

七

翌日、船は予定通り出発地の港に到着した。

昨夜は悩んでいるうちに眠ってしまい、結局妙案も思い浮かばなかった。もちろん諦めもついていないのだけれど、いまは気持ちを切り替えなくてはいけない。

船が到着しても、下船のアナウンスが流れない。それは港に待ち構えている憲兵の指示によるものだろう。俺とジェラルドは早々に身支度を終えて乗船口の前で待機していた。

タラップがかけられて、ふたりの同僚が乗り込んでくる。同期のクラウディオと、先輩のアメデオだ。

ジェラルドが阿片(アヘン)入りコンテナの番号が書かれているメモをクラウディオに渡し、アメデオに簡潔に話す。

「確認した。ラウロという男とその一味。それから船長を連行」

クラウディオがメモを握り締めて下船し、代わりに二十人ほどの仲間がタラップの両側に並んだ。そして三名が船長室へむかう。

俺とジェラルドの荷物を同僚が外へ運びだしてくれるのを見届けて、俺たちは乗下船口の前に立ち、待機していた客へ下船するよう声をかけた。

物々しい雰囲気に乗客たちは落ち着かない様子を見せながら、ひとりずつ下船していく。

出口はこのひとつしか開いていないので慌てることはなく、容疑者がここへ来るのを待てばよかった。

いまから海に飛び込んで逃げようとしても、憲兵の船が待機しているのでかならず捕まる。ここへ姿を見せなければ、船内に隠れているということだ。

ラウロはなかなか現れず、しかしすべての客が降りたあとでやってきた。

ジェラルドが告げる。

「国家憲兵です。お伺いしたいことがあるのでご同行願います」

ラウロはつまらなそうな顔を俺にむけた。

「ぼうやが憲兵だったとはな」

「あなたの仲間は、まだ船内ですか」

「知らんよ」

彼は抵抗することなく、待ち構えていた憲兵とともに下船していった。船長も、涼しい顔で堂々とやってきて、憲兵に連れられていった。

ラウロの仲間がまだ来ないため、残りの憲兵たちで船内をくまなく探したが、どこにもいなかった。コンテナ搬入後、乗船する姿を見なかったから予想はしていたが、やはり最後の島に残り、乗船しなかったようだ。

船内の捜索を終えて下船したら件のコンテナも発見されており、クラウディオが中身を確認していた。

「どう」

近づいて声をかけると、クラウディオがにやりとする。

「当たりだな。署に戻って詳しく調べるが、たぶんこれ全部そうだな。お手柄だなあ、リコ」

それを聞いてほっとする。

ゲームで未来を知っていたから自信はあったけれど、一抹の不安はあったからね。

ジェラルドとともに署へ戻ると、カメラの写真はすでに現像をはじめていると報告があり、すぐに取調室へ直行した。

「俺は船長につくから、リコはラウロを頼む」

「了解」

取調室にはアメデオが一緒に入ってくれた。

机を挟んで、ラウロがすわっている。

「魔が差したよ」

俺の顔を見るなり、彼が言った。

「下船したらあんたをナンパしようと思って、つい、最後まで船に乗ってきちまった。いつもは途中で降りるんだけどなあ」

ラウロはあっさりと密輸の事実を認めた。仲間の行方以外はどんな質問にも応え、船長が関与していることも認め、短時間で取り調べが終わった。

反対に、船長のほうは難航した。

密輸品が紛れ込んでいたなんて知らないしそこまでは把握できないとシラを切り、ジェラルドの暴行を持ちだして、訴えるなどと言いだした。しかし認めたほうが得策だと考えを改めたか、取り調べ六日目には容疑を認めた。

ひとまず一件落着というわけだが、俺はまったく喜べなかった。

だって、ジェラルドとの破局が明日に迫っているんだ。

署内の自分の席で報告書をまとめながら、俺は頭を抱えていた。

下船してから今日まで、ジェラルドとは毎日職場で会っている。容疑者の取り調べという大詰めの局面だったから当然仕事の話ばかりで、いちゃついている余裕はなかった。

でも、別れるような雰囲気にはなっていない。話す内容は船旅以前とおなじだけど、彼の俺を見る表情は、恋人に対するものだと思う。

やっぱり破局する理由がまったくわからないよ。

俺たちふたりじゃなくて、親の反対だとか、第三者の問題かな。だとしても明日破局は急すぎる。

「終わりそう？」

俺のとなりの席にいるジェラルドが声をかけてきた。

「あ、はい。あとちょっとです。ジェラルドは」

「終わったよ」

彼は書き終えた報告書をまとめ、大きく伸びをした。

船長の取り調べが長引いたため、すでに終業時刻を過ぎており、室内はふたりきりだった。

ジェラルドが待ってくれているので俺は急いで残りを書き終えた。

「終わりました！」

書類をまとめると、ジェラルドが手を伸ばしてきたので渡す。彼は簡単に目を通すと、俺の頭を撫でた。

「お疲れ様。じゃ、帰ろうか」

隊長の席へ書類を提出すると、鞄を持って一緒に廊下へ出た。

「今日は遅くなっちゃったから無理だけど。一段落したし、約束通り、ふたりで打ち上げしよう。明後日はふたりとも非番だし、明日の夜でどうかな」

「はい。わかりました。だいじょうぶです」

署の玄関を出ると空はすでに暗く、星が瞬いていた。

いつもはここで別れ、俺はすぐとなりに建つ宿舎へむかう。でも別れのあいさつをする前に、足をとめて彼を見あげた。

「あの、ジェラルド」

明日、破局。そればかりが頭をまわっており、このまま別れるのが不安でたまらない。

「あの……」

引きとめたはいいが、なにを話したらいいのかわからない。

「なに？」

優しい笑顔で見下ろされる。この笑顔を明日から見られなくなるのかもしれないと思うと胸が苦しくなる。

「ジェラルドは、俺のこと……まだ、好きですよね……？」

ジェラルドが一瞬目を丸くし、そして甘く笑う。

「あたりまえじゃないか。どうしたの」

「いいえ……。俺に言いたいこととか、ないですよね？」

「言いたいこと？　あるよ」

「え」

彼が身をかがめ、俺の耳元でささやく。

「好きだ」

不意打ちの甘い低音に、胸がドクリとする。

急激に顔を赤くする俺を見て、ジェラルドが嬉しそうに微笑む。

「もっとたくさん言いたいけど、ここじゃちょっとね。明日が楽しみだ」

「あの、あの……俺も……っ。ジェラルドのこと、好き、です、から……っ」

俺も気持ちを伝えておかないといけない気がして、こぶしを握って必死に告げた。

すると、ジェラルドが真顔になった。と思ったら、

「ああ、もう！」

がばっと抱きしめられた。

「明日まで我慢しようと思ってるのに……どうしてこんなところで煽るかな。一週間ろくにさわれてないし、俺、限界ぎりぎりなんだよ？」

「え、で、でも」

先に好きだと言って煽ったのはそっちじゃないかと思うんだけど。

「こっちにおいで」

玄関脇の木陰に連れていかれ、くちづけられた。

「これ以上すると帰せなくなるから、今日はここまで」

名残惜しそうに身体を離され、頭を撫でられる。

「じゃあ、また明日。よく休むんだよ」

「はい……お疲れさまでした」

これ以上引きとめることもできず、手を振って、歩いていく彼の後ろ姿を見送った。

彼の姿が見えなくなるまでその場に立ち続け、俺はとぼとぼと宿舎へ帰る。

先ほどの彼の様子を見ても、とても別れる気配など感じられない。

もしかしたら、いつのまにか破局の結末は回避したのかもしれないと楽観的に考えてみるが、不安はぬぐい切れない。どころか、明日が近づくにつれて不安は増していき、やがて一睡もできぬまま朝を迎えた。

ついに破局当日を迎えてしまった。

うう。嫌だ。まだ別れたくないよ……。

憂鬱な気分で自室を出て、ポケットから鍵をとりだす。鍵には船旅のときに贈りあったキーホルダーをつけていて、目にとまる。早速使っているけれど、もしかしたらこれを使えるのも今日までかもしれない。別れたあとは見るのもつらくなるだろうし。

覚悟もできぬまま、死刑宣告された囚人のように青ざめて出仕すると、先に来ていたジェラルドにぎょっとされた。

「ちょ、どうしたんだ。顔色悪いよ」

「ちょっと、寝不足で」

「だいじょうぶかい？　仕事はいいから、休んだほうがよくないか？」

「いえ、だいじょうぶです」

宿舎に戻っても、とても休めそうにない。それよりもジェラルドのそばにいたかった。

今日仕事を終えたらふたりで打ち上げだ。たぶんどこかで夕食をとるだろうけれど、別れを切りだされるとしたらそのときだろう。そのときまでに別れる理由を探したい。

「これから引き渡しだけど、行ける？」

「行きます」

今日はラウロと船長を拘置所へ移送する日だった。俺とジェラルドで留置所へ行き、まずラウロを独房からだす。すると、

「お礼、まだもらってなかったよな」

と言って、ラウロが強引に俺にキスしてきた。

「っ！　な、なにす……っ」

慌てて突き飛ばす。

「だからお礼だって。これぐらいじゃ足りねえけど、ま、手付金かな。すぐ出てくるから、待ってろ――グホオッ」

捨て台詞(ぜりふ)を吐いている最中にジェラルドに殴られ、腹を蹴(け)られ、ボコボコにされた。

「ジェ、ジェラルド、ストップ、ストップ！」

騒ぎを聞いて駆けつけた護送官に助けられ、ぼろ雑巾のようになったラウロは護送車へ乗

り込んだ。次は船長だ。

「リコはすこし下がっていて」

ラウロのように変なまねをするんじゃないかと警戒してジェラルドが指示するのを、俺は素直に従い、彼らの後ろを歩いた。

寝不足で頭がぼんやりする。やっぱりこれが終わったらすこし休んだほうがいいかな。別れ話になったときに頭が働かなくて冷静になれなかったらよくないしなあなどと考えながら外へ出たとき、物陰から若い男が飛びだしてきた。

「ポルフィリオ！　逃げて！」

ポルフィリオとは船長の名だ。男の顔は初めて見たが、船長の関係者なのだろう。彼は銃を構えており、その銃口を、船長を連行していたジェラルドへむけた。

撃つことに慣れている構えだ。きっと問答無用で撃ってくる。後方の護送車のところにいる護送官が銃をとりだそうと腰に手を伸ばしている。そこまで目にした俺は考える間もなく地を蹴った。俺が動けば標的が俺に移るはず。腰に携帯している銃に手を伸ばしながらジェラルドを守ろうと駆け寄ったとき。

「動くな！」

男の銃口がこちらをむいた。俺が銃を構えるより早く相手の銃声が轟き、胸に強い衝撃を覚えた。

「――っ！」

俺は地面に倒れた。もういちど銃声が響き、視界の端で若い男が跪くのが見えた。

「リコ！」

ジェラルドの声。

「リコ、しっかりしろ！」

ジェラルドの顔が視界にいっぱいに映る。蒼白で、見たこともない必死な表情。

彼が俺を抱き寄せようとし、しかし手をとめて「担架を！」と叫んでいた。周囲にたくさんの人が入り乱れている気配がするが、急速に視野が狭くなり、ぼんやりしてくる。

俺、撃たれたのか。

薄れていく意識の中、ああ、こういうことかと思った。

破局って、これのことだ。

気持ちのすれ違いなどで別れ話に至るのかと思っていたけれど、そうじゃない。死に別れるってことだったんだ。

そういえば、そんな感じだったかもなあ……。

撃たれて地面に倒れるリコと、その身体を抱きしめるジェラルド。画面が暗転し、バッドエンドの文字が表示されるゲームの映像がぼんやりと脳裏に浮かんだ。

ようやく思いだした。

なんでいまごろ思いだすんだよ俺。もっと早く思いだしていたら——。

いや。思いださなくてよかったのか。

どんな選択をしても、けっきょく幸せな結末を迎えられないんだ。だったら、つかの間でもジェラルドと恋人になり、幸せなひとときを味わえたんだから、よかったのかもしれない。

「リコ！　リコ！　死ぬな！」

俺に呼びかけ続けている彼にむけて、俺は口を開いた。

「ジェ……ルド……」

俺、ジェラルドと出会えてよかった。あなたのことを好きになれて、幸せだった。

ありがとう。

そう言いたかったけれど、もう口が動かなかった。視界も完全に奪われ、なにも見えなくなる。

ジェラルドが俺の名を呼んでいるような気がするけど、もう耳に届かなかった。彼の気配をすぐそばに感じるけど、目を開けることができない。声をだすこともできない。

もう俺、死ぬのか……。

最後に一目、見たかったな……。

あの、彼の笑顔……。

最後に、好きだと……言いたかっ……た……。

目を開けると、白い天井が見えた。

へ？

ここはどこだ？　たしか俺、胸を撃たれたんだよな。じゃあ天国？　天国なのに天井に雨漏りのシミがあるのか？

混乱しながら周囲を見まわすと、そこは病室らしき部屋で、俺はベッドに寝ていた。ベッド脇の椅子(いす)にはジェラルドがすわっていた。読書していた彼は、気配を感じたのか俺のほうをむいた。

「リコ」

本を放りだして立ちあがり、俺の枕元に手をついて覗き込んでくる。

「……どう？」

静かに問いかけられた。一睡もしていなそうな疲れた顔。瞳に、うっすらと涙が滲んでいた。

俺はその顔に触れたくて手を伸ばそうとした。しかし力を入れようとしたら胸に痛みが走り、顔をしかめた。

「う……」

「痛むか。動きたかったら手伝うから、無理はしないほうがいい。身体を起こすかい？　なにか飲む？」

「あの……。俺、生きてるん……ですか？」

ジェラルドが泣きそうな顔で笑った。

「ああ。生きてるよ」

「なんで？」

俺としては当然の疑問だった。

だって、胸を撃たれたのに。死ぬはずだったのに。

俺の身体はいったいどうなったんだろうと思い、指や足先に力を入れてみると、ふつうに動いた。脚も動く。でも大きく息を吸うと胸が痛んだ。静かに呼吸し、じっとしていると痛みはないが、動こうとして力を込めると胸が痛かった。

「これがきみを守ったんだ」

ジェラルドが、サイドテーブルに置かれていたものを手にとり、俺に見せた。

「それは」

「船旅中に、きみに贈ったキーホルダーだよ」

翡翠(ひすい)は砕け、金属部分は黒く焦げ、形も変形している。一見してそれとはわからない。

「これを制服の胸ポケットに入れていただろう。これに弾が当たったんだ。おかげで致命傷にならなかった。当たった衝撃で肋骨(ろっこつ)にひびが入ったし、皮膚が抉(えぐ)れてしまったから、無事とは言えないけれど。全治三週間だそうだ」

「………」

えーと……。

俺は変形したキーホルダーを見て呆然とした。

恋人から贈られたキーホルダーが身を守ったって――漫画かよ、と思わずツッコミを入れたくなったが、ここはゲームの世界。漫画やドラマと似たようなもので、そんなことは当然ありえるんだ。

キーホルダーを胸ポケットに入れていなかったら、俺は確実に死んでいただろう。でもそうならなかった。

じゃあ、破局という話はどうなるんだろう。

「今日って、撃たれてからどれくらい経(た)ったんですか」

「丸一日だよ」

たいした怪我(けが)でもないのに丸一日も眠っていたのは麻酔のせいか、寝不足だったせいか。

ともかく破局するはずだった昨日は過ぎたわけだ。

でも、生きてる。

つまり……よくわからないけど、破局は免れたということなのかな。

いちおうゲームの結末通り俺は倒れて、エンディングの道を通った。

ゲーム内では俺の死を匂わせていたけれど死んだと明記されていたわけでもないし、ゲーム終了後に俺が生きていようが死んでいようが、もうゲームは関係ないはずだ。

だから、ゲーム終了……で、いいのかな……。

たぶんそういうことだと認識したら、身体から力が抜けた。

どうやら奇跡的に、うまいこと切り抜けられたらしい。

俺、ジェラルドとも別れずに、これからも生きていっていいんだ。

「よ、か……った……」

よかった。本当によかった。

死ななくてよかった。ジェラルドとまた会えて、よかった。

「うん。本当に——」

ジェラルドが俺の手をとり、そっと頬に押し当てた。

「本当に昨日は、きみを失うと思った。気がおかしくなるかと思った」

言いながら感情が込み上げてきたらしく、彼の声が震えた。

「……生きていてくれて、よかった……」

俺の指先に彼の温かい涙が伝う。

「こんな思いをするのは、二度目だよ。前回よりなお悪い。俺、心臓がもたないよ」

そういえば半年前、撃たれて海に投げ込まれたときも相当心配させたんだった。

彼の想いが伝わり、俺も涙が滲んだ。

「すみません……」

「謝らなくていいから、約束してくれ。もう、俺を助けようとして無茶はしないって」

「はい……」

またその場になったらどうなるか自信はなかったけれど、頷いた。それから指先で彼の頬に伝う涙を拭(ぬぐ)った。

「ジェラルド、顔、よく見せてください」

死ぬと思ったとき、最後にこの人の笑顔が見たいと思ったんだ。

「リコ……」

ジェラルドが俺の手から頬を離して顔をあげ、俺を見つめる。涙の滲んだ思いつめた顔。

いつも素敵な笑顔の彼にこんな顔をさせてしまい、申しわけなく思う。

いつもの笑顔を見せてほしいと思った。そのためには早く怪我を直して元通りにならないといけないと思う。

まあ、肋骨のひびと皮膚が抉れただけなら、たいした怪我ではない。死ぬと思ったあのとき、大げさなことを口走らなくてよかった。

「ひとつ、お願いが」

「なに？」

「俺、てっきり死んだと思って、いまもまだちょっと実感わかなくて。だから、生きていると実感させてもらいたいんですけど……」

「というと」

「……キスしてもらってもいいですか」

俺は照れながら続けた。

「本当は自分からしたいんですけど、動くと痛いので」

すぐにジェラルドの顔が近づき、唇に優しくキスされた。唇だけでなく、顔中にキスをされ、耳にも、首筋にもされる。

「あ、あの」

次第にキスの場所が下がっていくことに慌てたら、彼が楽しそうに笑った。

「怪我にさわるからこれ以上は無理かな。治ったら、いっぱいしよう」

俺は照れながらも笑って頷いた。


怪我してから二週間もすると俺は仕事に復帰し、さらに二週間後には痛みもすっかり治まり、職場のみんなに快気祝いの飲み会を開いてもらった。

職場の飲み会はいつも近所の大衆居酒屋で、開始から二時間経過したら自由解散と決まっている。主役が先に帰ってもかまわない。二時間が過ぎても宴会はまだ盛りあがっていたけれど、ジェラルドに誘われ、俺たちは先に居酒屋を出た。

明日はふたりとも非番だ。

怪我をしてからはジェラルドが俺の身体を気遣って、かるいキス以上の触れあいは避けてきた。でももうすっかり治ったということで、その、まあ、はっきり確認しあったわけじゃないけど、今夜は抱きあいたいという思いが通じた感じだ。

行き先はジェラルドが暮らすアイローラ男爵邸。王宮近くの貴族居住区にあり、庭も屋敷も広く立派だ。

以前何度か招待してもらったことがあり、そのときはさすが貴族のお宅だなあという感想しかなかったんだけれど、恋人として訪れるとなると緊張するし、身分差を感じずにはいられない。

先週だったかな。家族の話題が出たときジェラルドは、

「うちの家族は、俺の恋愛についてはとやかく言わないよ。人様に迷惑をかけるなってことだけ。だから心配いらないし、リコを紹介したらきっと歓迎してくれる」

と、家柄や同姓ということについては気にしなくていいと言ってくれた。だからビクつく必要はないんだろうけど、前世の頃から庶民が染みついているから慣れないよ。

ジェラルドに案内されて彼の寝室へ通された。寝室へ通されるのは初めてだ。

部屋の中央に大きなベッドがあり、その存在感に呑(の)まれて立ちすくんでいると、

「リコ、上着を」

と、ハンガーを手にするジェラルドに促され、上着を脱いで手渡す。彼も上着を脱いでハンガーにかけると、背後から俺を抱きしめた。

「あー。やっとさわれる」

彼の唇が俺の耳朶(じだ)に触れる。

「船では毎日好きなだけさわれてたのに、船を降りてからは、すぐそばにリコがいるのにさわることができなくて、つらかったよ」

それは、俺も一緒だ。

久しぶりに抱きしめられて、身体が熱くなる。

「俺も、さわりたかったです」

そう言って胸にまわされた彼の手に触れると、その手に顔を上向けられ、キスをされた。

彼の舌が入ってきて、俺の舌に絡みつく。久しぶりのキスは強い酒のように腰と頭にきた。

気持ちを確かめあうように舌を絡めあう。熱い舌。身体が火照(ほて)る。早く抱きあいたいという互いの気持ちが伝わるキスだった。

すぐに立っていられないほど気持ちよくなり、抱きかかえられてベッドへ運ばれる。

ベッドに降ろされると、その上にジェラルドがのしかかってきて、ネクタイを引き抜かれる。

「あ、あの」

もういきなり抱きあう感じかと俺はちょっと焦った。抱きあうのはそのつもりだったからいいんだけど、仕事を終えてそのまま飲み会だったから、まだシャワーを浴びてない。

「先にシャワーを」

「浴びなくていいよ。いますぐ抱きたい」

シャツのボタンに彼の手が伸びる。

「あ、あの、でも、今日は汗かいたし」

「リコの汗の匂い、好きだよ。あ、でも俺も浴びてない。もしかして俺の匂いが嫌だったか」

「え、いえ、そういうわけじゃ。でも」

ジェラルドが笑って身を起こし、俺の腕を引いて起きあがらせた。

「嫌がってるのに無理強いするのはよくないね。一緒に浴びようか。おいで」

部屋を出て、一階の浴室へむかった。

案内されたのは、広いサンルームのような部屋だった。猫足のバスタブとシャワーが壁際にあるので浴室に間違いないようだけれど、三面がガラス張りで庭に面しており、庭から丸見えだ。

「……ここですか？」

ジェラルドがバスタブに湯を入れる。

「そう。いまは真っ暗だから景色が見えないけど、昼間は露天風呂みたいで気持ちいいよ」

そ、そうか。露天風呂と思えば、丸見えでも恥ずかしくないか……。

自分に言い聞かせ、服を脱ぐ。全裸になると、おなじように服を脱いだジェラルドに手を引かれ、一緒にバスタブの中へ入った。抱っこというか、彼の胸に俺の背中を預ける感じですわると、石鹸の泡を胸につけられた。

「傷、染みないよね。さわっても平気かな」

「はい。もうすっかり塞がりましたから」

深い傷ではないけれど、五針縫った。

「ちょっと、さわらせて」

彼が後ろから胸元を覗き込みながら、傷跡を撫でる。

「痛くない？」

「はい」

「……俺のせいで、リコのきれいな身体に消えない傷がふたつも……どう償ったらいいかと思う。責任をとると言うのは簡単だけど」

神妙な声で告げられる。彼は責任を感じて真剣に言っていて、俺も真面目に聞かなきゃと思うんだけど、敏感になっている肌を優しくさわられているうちに、妙な気分を呼び覚まされてそれどころじゃなくなってしまった。

「責任なんて……ぁ、ん……っ」

おもわず甘い声を漏らしたら、彼の手がピタリととまった。ごくりと生唾（なまつば）を飲む音。

「なに、リコ……ここ、感じちゃった？」

先ほどまでの神妙な声ではなく、色気を含んだ声にささやかれる。

彼の指が再び動きはじめる。敏感な傷をさわられ、もう一方の手で乳首を弄（いじ）られた。

「だ、だって……そのさわりかた、あ……だ、め……」

「だ、めって……っ」

「だめ？　でも、身体を洗ってあげてるだけだよ」

彼の手が、石鹸の滑（ぬめ）りを借りて俺の身体中を撫でまわす。洗っていると彼は言うけれど、明らかに快感を引きだそうとしている手つきだ。

久しぶりの刺激に、すぐに息があがり、身体が熱くなる。

「……っ、ぁ……」

うなじや首筋にくちづけられ、肩を甘噛みされ、次第に身体の熱を上げられて、その先にある快楽を期待させられてしまう。無意識に太腿（ふともも）をもじもじさせてしまったら、彼の手に内腿をゆっくりと撫であげられた。

「ふ……ぁ」

じれったい愛撫に、早くと口走りたい衝動に駆られる。でもここはジェラルドの実家の浴室で、しかも庭から丸見えなのだ。

「あの……ジェラルド……っ、も、部屋に……」

「部屋に戻れる？　この状態で？」

内腿を撫でていた手が、俺の中心に触れた。そこはもう硬くなっている。そして腰に、彼の猛りを押し当てられる。彼のほうは俺以上に興奮した状態だ。

「ごめん。いちど、ここで抱かせて」

「あ……」

そのままゆるゆると中心を刺激された。そしてもう一方の手が後ろへ伸び、指先が入り口に触れる。

「ここ、久しぶりだから、しっかりほぐさないとね」

「で、でも、ここじゃ……、っ……、外から、見えて……っ」

「だいじょうぶだよ。こんな時間に誰も庭に出ないから。もし出たとしても、まあ、見て見ぬふりをしてくれるよ。たぶん」

「そ、そんな……っ」

見られる可能性はゼロではないと聞かされて、うろたえた。そんな場所で抱きあうなんてと思うけれど、すでに互いにいちど達かないと動けそうにないほど昂っているのも事実だった。

彼の指が、入り口に入ってきた。

「あ……ぁ……」

久しぶりの感触に、身体が震えた。

湯が入ってきそうな気がして俺は腰をあげた。湯はバスタブの三分の一程度しか溜まっていないのですこし腰をあげれば問題ないが、体勢を保てないので、膝立ちになり、バスタブのふちにつかまった。

すると、入り口を舐められた。

「あ……そんな……」

舌が、指と一緒に中に入ってくる。ぬるりとして柔らかい感触に快感を覚えた。そんなところを舐められて羞恥を覚えるが、快感には抗えず、されるがままになってしまう。

「っ……、ぁ……ジェラ、ルド……っ」

「やっぱり、久しぶりだから狭いね……」

二本目の指が入ってくる。唾液を奥に送り込まれ、ぐちゅぐちゅと音を立てて抜き差しされると、それだけで達きそうになった。

「あ、あ……早く……っ、もう……っ」

「まだ、だめだよ。もっとほぐさないと。達きたいなら達っていいよ」

もう達きそうなのに、ジェラルドはほぐすのをやめてくれない。でも達くならひとりではなく、ジェラルドと一緒に達きたい気がした。せめて繋がって達きたい。俺は片手で己の根元をきつく握りしめて耐えた。

「ん……ん、ぁ……っ」

甘くねだる自分の声が室内に響く。廊下に聞こえないようにしないといけないのに、快感が強くて声を抑えきれない。

やがて舌が抜かれ、指がもう一本増やされ、奥まで広げられる。快感が身体の中で渦を巻き、我慢できない。生理的な涙が溢れ、散々時間をかけてじっくりほぐされて、快感に翻弄されて身体がくたくたになった頃、ようやく指が引き抜かれた。

「お待たせ。挿れるよ」

彼の猛りが入り口にあてがわれる。ずっとほしかったものを挿れてもらえると思うと期待でこれ以上なく興奮した。あ、くる、と思った刹那、根元を押さえていた手が緩んだ。と同時に一気に奥まで埋め込まれた。

「あ、ああっ」

その刺激で、俺は我慢できずに射精した。挿れられただけで達ってしまった。

中がひくつき、彼の猛りを締めつけてしまう。ジェラルドがちいさく呻いて動きをとめる。ひと呼吸おき、ゆっくりと律動がはじまる。

「あ、ぁ……、っ……あ」

深々と貫かれ、身体を揺すられ、強烈な快感を与えられて涙が溢れた。ジェラルドが好きだと自覚してから、抱かれるのはこれが初めてだった。そのせいか、快楽だけでなく、身体をひとつにする感動のようなものも覚えていた。

心も身体も満たされ、やっぱり俺は、ジェラルドが好きだと改めて思う。

「リコ……」

抜き差しされながら背中にくちづけられる。

俺も彼に触れたいと思った。後ろからされるのも好きだけれど、いまは抱きあってしたい。キスをしたい。

「っ……、むき、変えさせて……、っ…、抱きあって、したい、です……っ」

荒い息継ぎをしながらどうにか訴えると、猛りを引き抜かれた。

ジェラルドがすわり、俺を引き寄せる。上に乗るように促されたが、それだと湯が中に入りそうな気がして俺は躊躇(ちゅうちょ)した。

「あの、お湯が、気になって」

「じゃあ……首に腕をまわして、足も腰にまわしてしっかり抱きついて」

言われた通り、彼の首に腕をまわし、足を彼の腰に巻きつけて抱きついた。すると彼が俺もろとも立ちあがり、俺の背中を壁に押しつけた。そして尻を抱え、猛りを埋め込む。

その体勢で揺すられると、重力で奥を激しく突かれ、たまらなかった。さらに彼は俺の両足を肩に担ぐように上へ掲げると、そのまま足を壁に押しつけるようにして激しく貫いてきた。

「ああ、ぁ、……っ、や……ん……っ！」

俺の体重を支えているのは壁に押さえつけられている背中と、彼の首に縋る手と、彼と繋がっている場所のみ。不安定な体勢でがつがつと抜き差しされて、俺は必死に縋りついた。

「こ、んな……っ、ぁ、だ、め……っ」

外から見られるかもしれない不安と、初めての体勢に羞恥と興奮を掻き立てられる。

発火しそうなほど身体が熱い。彼が出入りしているそこが熱くて気持ちよくて、夢中になって快楽を貪ってしまう。

彼の猛りが途中まで引くと、重力で俺の身体が落ち、おもいきり貫かれる。尻が彼の下腹部に叩きつけられる音と、結合部でこすれあう水音、とめようもない俺の嬌声が浴室に響く。

それらの音だけでなくジェラルドの熱い息遣いも俺を昂らせた。気持ちいい。おかしくなりそうなほどよくて、涙も嬌声もとまらない。激しい抜き差しを何度も繰り返され、快感がどうしようもないほど身体の中で溢れ、出口を求めて荒れくるう。

限界が近い。

「ジェラ…、ド……っ、ぁ…、もう、……っ」

「あ、あっ」

「リコ……っ」

抜き差しが速まり、奥深くに叩きつけるようにして彼が達った。奥に熱を注がれるのを感じ、俺も快感が氾濫するように二度目の吐精をした。

猛りを引き抜かれ、足を下ろされる。しゃがみ込みそうになるのを彼の腕に支えられた。

「は……」

互いに大きく息をつき、目をあわす。

「ジェラルド……好き……」

「……俺も」

まだ夢見心地の中、ゆっくりと顔を近づけ、唇を重ねた。

俺たちのセックスがそれで終わるはずもなく、部屋へ戻ってからも何度も抱きあった。触れあえなかった期間を埋めるように、互いの肌を確かめるように、隅々まで舐めあい、互いの体液を飲み、身体の奥で繋がる。

何度達ったかも覚えていない。疲れきって気を失うように眠り、未明にも抱かれ、もういちど眠って目覚めたら朝になっていた。

「おはよう」

となりに横たわるジェラルドが頬杖をついて俺を見つめていた。朝日を浴びて幸せそうに微笑む彼の表情がこの世のものと思えないほどきれいで、やっぱりここは天国じゃないかと思いながら見惚(みと)れた。

「おはようございます……」

あいさつしたら、唇にかるくキスをされ、髪を撫でられた。ちなみにふたりとも裸のままだ。

「リコ、ちょっと話があるんだけど、いいかな」

リラックスした態度で、でも改まった言葉をかけられ、俺は目をぱちくりさせた。何事だろう。

「はい」

「きみのキーホルダー、せっかくお揃いで買ったのに壊れちゃっただろう。だから、またお揃いで身につけられるものがあるといいなあと思って、こんなのを買ってみたんだけど、どうかな」

言いながら彼が枕の下からちいさな箱をとりだした。

なんか、見覚えのある形状の箱だ。俺自身は手にしたことはないけれど、よく男性が女性に贈る、貴金属が入っているような感じの……。

「開けてみて」

差しだされ、反射的に受けとったんだけど……。

俺はにわかに緊張し、身を起こして正座した。ジェラルドも身を起こし、俺の様子を窺ってくる。

恐る恐る箱を開けると、予想通り、中には指輪がふたつ入っていた。材質の詳細は俺にはよくわからないけれど、銀色の、シンプルなデザインのもの。

「あの……これって……」

「つけてもらえるかな」

俺はごくりと唾を呑み込んだ。

「……ええと……どういう意味で受けとったらいいんですか……」

ジェラルドが微笑みながら小首を傾げる。

「どう言ってほしい？　俺としてはプロポーズと受けとめてほしいんだけど、まだつきあいはじめて間もないし、そういうのは重いって言うなら、恋人としてのちょっとしたプレゼントと受けとめてもらってもかまわないんだけど。あ、受けとれませんっていうのだけは、さすがにショックだから避けてもらいたいかな」

「そ、そんな、受けとらせていただきますけど、でも、あの、ぷ、ぷろぽーずって……っ」

動揺して震えていると、彼の手が俺の手を包むようにして箱を持ち、片方の指輪を摘まんでとりだした。そして世間話でもするような感じで喋りだす。

「休日一緒に過ごすのにリコの独身寮の部屋は狭すぎるだろう。といって俺のこの家だときみがちょっと遠慮する。それに俺は休日だけでなく、いつも一緒に過ごしたいと思うんだよね。で、独身寮のとなりに既婚者用の宿舎があるだろう。知ってるかい？」

「え、は、はい」

「家族で住める仕様になっているから部屋が四部屋あって、リビングもけっこう広いんだよね。ふつうは結婚してないと住めないんだけど、コネで借りられそうなんだ。だから、そこで俺と一緒に暮らさないか？」

「は……」

「嫌？」

ぺらぺらと喋られているうちに、気づけば俺の左の薬指に指輪がはめられていた。拒否する隙を与えずって感じだ。しかもいつの間に調べたのか、サイズもぴったり。

「え、あ、え？」

動揺が収まらず、薬指と彼の顔を往復して見比べていると、左手を両手で握られ、真剣なまなざしをむけられた。

「大切にするから。ずっと、そばにいてほしいんだ」

「……えっと……」

「嫌じゃないなら、はい、とひと言言ってくれるだけでいい」

目覚めた直後にこんな話をされるとは、まさか思ってもみなかった。頭がうまく働かない。

驚きすぎて、すこし落ち着いて考える時間がほしいと思った。でもすぐに、べつに考える必要などなにもないと思いなおした。

だって俺の答えはすでに出ているんだから。これからもずっと、ジェラルドと一緒に生きていきたいんだ。

ジェラルドはかるい口調で、かるい雰囲気を装っているけれど、彼のまなざしは真剣だ。その瞳を見つめる。栗色の綺麗な瞳に俺が映っているのを見ながら口を開く。

「……はい」

とたん、ジェラルドは気が抜けたようにふにゃっとした笑顔を浮かべた。

「はあ～、よかった……」

彼らしくもなく、緊張していたらしい。

その安心した笑顔を見たら、胸がきゅんとして抱きつきたくなったけれど、その前に。

「あの、俺も」

俺は箱に残ったもうひとつの指輪をとりだし、彼の左手を握った。

「ええと……。大切にするので、ずっとそばにいてください」

ジェラルドのセリフとおなじことを言いながら、彼の薬指にはめる。

「うん……ありがとう」

照れて、彼の顔を見ることができない。代わりに彼の手を握り、互いの指輪を見つめた。

これ、職場ではどうしよう。お揃いでしていったらなにを言われるか。恥ずかしいなと思う。でもこれを贈ってくれたジェラルドの気持ちを思うとはずす気にもなれない。

彼への恋心を自覚して、まだひと月ちょっとだ。急展開すぎて夢でも見ているようだと思う。でもジェラルドへの気持ちはすでに俺の中でたしかなものになっている。恥ずかしさはあるけれど迷いはない。

そんなことを思っていると、ジェラルドに甘くささやかれた。

「リコ。こっちを見て」

促され、照れながらもがんばって顔をあげると、ジェラルドの極上の笑顔が待ち受けていた。

「これからも、よろしく」

「……こちらこそ」

互いに照れながら顔を寄せ、誓うようにくちづけをかわした。

職場にて

休み明けの朝、暑くもないのに俺は手汗と脇汗をかいて緊張しながら独身寮を出て、職場へむかった。

歩きながら、左手の薬指にばかり意識がいってしまう。

昨日ジェラルドに貰った指輪を、いま、はめているんだ。

職場に指輪をつけていくことは、すごーく迷った。正直いまも、いいのか俺？　本当にいいのか？　と思いながら歩いている。

指輪をつけていくことについて、ジェラルドは昨日、

「恥ずかしいなら無理してしなくていいから」

と言ってくれた。でもジェラルドはどうするのか尋ねたら、

「もちろんつけていくよ」

と即答。

「みんなに知られるの、恥ずかしくないですか？」

と訊けば、

「全然。俺は自分から言ってまわりたいくらいだけどな。でもリコが嫌なら、相手がリコだ

とは言わない。内緒にしておくよ」

だって。

ふたりで同日からおなじデザインの指輪をしていったらばれるだろうけれど、ジェラルドだけがつけていくなら、彼に恋人ができたと思われるだけだろう。

ジェラルドが指輪をしてくれることは、俺としては嬉しい。ジェラルドは俺のものだって印だし、俺のことを大事に思ってくれてるって思えるから。それに彼に言い寄る女性が減るだろうとも思うし。まあ職場はほとんどが男性だから女性への効果は薄いかもしれないけど。ともかくジェラルドにはつけていてほしい。でも自分は恥ずかしいからつけませんっていうのはどうかと思うんだ。そもそもジェラルドが俺につけてほしくて贈ってくれたものなのにさ。

日本では職場恋愛は隠す傾向があるけど、この世界ではそうでもない。

ということで、俺もつけていこうと決意したんだけどね。

うう。やっぱり恥ずかしいな……。

キーホルダーは、鍵を開けるときしかポケットからださないから気づかれなかったけれど、指輪はすぐばれるよなあ……。

なんと言っても男同士だし、どんな反応になるか。

引かれるかなあ。

若干挙動不審になりながら自分の席のあるフロアへ入ると、すでに二十人くらいいて、クラウディオがそばにやってきた。

「よお、リコ」

「おはよう、クラウディオ――わっ」

腕を首にまわされて引き寄せられ、小声で話しかけられる。

「なあ、ジェラルドの相手って、知ってるか？」

心臓がドキッと跳ねた。

「……へ？　え？」

「今朝、指輪してるんだよ」

一気に顔が赤くなる。

クラウディオの視線を追うと、数メートル先にジェラルドの姿があった。席にすわり、書類をさばいている。今朝も格好いい。

その彼のところへアメデオが近づいた。なにか用事があって話しかけたようだけれど、ふと気づいたように彼の手元へ目をとめた。そしてかるい調子で言う。

「ジェラルド。その指輪、なに。ついに結婚したのか？」

アメデオの声はよく通る。お陰で周囲にいた同僚たちの注目が彼に集まった。

「いいや。でも恋人はできたよ」

ジェラルドがにっこりして答えた。とたん、相手は誰だ詳しく聞かせろとみんなが騒ぎだす。

俺の席、ジェラルドのとなりなんですけど……。

いま、あの場に行くの……？

ちょっと騒ぎが落ち着くまで待ちたい。と思ったが、クラウディオが俺を連れてその輪の中へ入ってしまった。ひええ。

「やあリコ、おはよう」

ジェラルドが俺を見つけてにっこりと笑う。

「おはようございます……」

俺は相変わらず真っ赤だ。

ロボットのようにぎこちない挙動で鞄(かばん)を机に置く。できるだけ指輪が周囲に見えないようにと左手はこぶしを握り、右手だけで鞄を置いたんだけれど。

「あれ？」

「おい？」

クラウディオとアメデオの目が俺の左手にとまった。

「リコ、左手見せて。いま、なんか……」

「え」

慌(あわ)てて背中にまわした手をクラウディオにひょいとつかまれた。

周囲に集まった男たちもまじまじと俺の手を見る。ひー。

「これって……」

俺の左手と、机の上に置かれているジェラルドの左手をみんなが見比べる。

「おなじだな」

「おなじですなあ」

「え、なに？　そういうこと？」

ジェラルドがにっこりして俺を見つめる。

「リコ。言ってもいい？」

言ってもいいもなにも。

「もうばれてますから！」

俺がやけくそに叫んだとたん、周囲がどよめいた。

「わお！　ジェラルド、やったなあ！」

「わー、知らなかった！　いや、ジェラルドがリコに夢中なのは知ってたけどさあ」

「それは周知だろ」

え。周知のことなんですか……？

「俺は船から帰ってきたときから、おや？　と思ってたぜ」

「船か」

「船だよ。やっぱり」

「そうかあ。リコがついに落ちたかー」

みんなはニヤニヤしながら口々に言いあい、俺とジェラルドの頭をガシガシと乱暴に撫でたり、小突いたりする。みんなの盛りあがりは簡単には収まらず、拍手が起きたり口笛を吹かれたりもした。

うう、みんな、ジェラルドの気持ち知ってたのか……！

知らなかったの、俺だけか……！

恥ずかしくて汗が出る。もみくちゃにされながらなにも言えず耐えていると、事務員がジェラルドのところへやってきた。手には書類を持っている。

「ジェラルド、先ほど提出された、宿舎への入居申し込みの書類ですが……同居者は、これ……」

「ええ。俺とリコで住みます。形式上書類を提出しましたが、上の許可はもうとれてますから、おかまいなく」

ジェラルドの宣言に、またもや周囲がどよめく。

「まじか！」

「手が早いなジェラルド！」

誰かのツッコミにすかさずジェラルドが答える。

「遅いよ。手をだすまで三年もかかったんだ」

またもや口笛が響く。

「今週末はまた祝賀会だぜ！」

「結婚式には呼べよお！」

「おーい、なにを騒いでるんだ。みんな仕事しろー」

上司の声が届き、集まっていたみんなが散っていく。ようやく席にすわれた俺は、ハンカチで額の汗を拭った。

背中も汗でぐっしょりだ。出仕早々着替えたい。

「リコ、だいじょうぶ？」

ジェラルドに優しく声をかけられた。

「ごめんね」

「いえ」

俺は首を振り、机に置かれていた書類を手にとった。でも文字が頭に入ってこない。

男ばかりだから、もっと静かに認知されていくかと思っていたんだけれど、予想以上に冷やかされてしまって、まだ落ち着かない。

あー。恥ずかしかった。

でも陰でコソコソ言われるよりよかったかもしれない。

男同士でくっついたとばれても不快そうな態度をとる人はいなかったし、明るく祝福してもらえた。

俺のほうも、一気にみんなに知られたことで、コソコソする必要がなくなった。今後は気が楽になるだろう。

恥ずかしかったけど、結果的にはよかったかも。

ジェラルドがまだ俺の様子を窺(うかが)っている。

反対隣の席にクラウディオがいて、聞かれたら恥ずかしいので言えないけれど、あとでふたりきりになったらいまの気持ちを伝えよう。

声をかける代わりに、俺はにこりと微笑(ほほえ)んでみせた。するとジェラルドが安心したように笑い返してくれた。

あー、何度見てもジェラルド格好いい好き。

手元の書類に目を戻すと、薬指の指輪が目に入る。やっぱり文字が頭に入ってこない。

しばらくは照れてデスクワークに身が入らないかもなあと思いつつ、俺は笑みをこぼして指輪を眺(なが)めた。

あとがき

こんにちは、松雪奈々です。

前作に続き、ゲームの世界のお話です。

未読の方のためにご説明させていただきますと、今作は乙女ゲームではなく凌辱系ゲームの世界が舞台です。そんな舞台なので主人公も多少危険な目にあいますが、がっつり凌辱行為はない……と思います。無理やりキスされたり殴られたり媚薬を盛られたりしますが、最終的には主人公ふたりがいちゃいちゃしているだけです。凌辱系ゲームという舞台のわりに、軽く楽しい雰囲気になっている、はず。

だいじょうぶかな。楽しんでいただけるといいのですが。

あ。逆に、凌辱系という噂を聞き、主人公ががっつり凌辱されるのを期待してお手にとられた方が万が一いらしたら、ごめんなさい。どこが凌辱じゃ！　とお怒りになられても無理ないほどぬるいです。ご注意くださいませ。

それから作中では、ヨーロッパ風世界とぼかしていますが、なんとなーくイタリアっぽいイメージで書いていています。

イタリアの国家憲兵、カラビリエリの制服が格好いいんですよね。リコたちが制服を着て仕事をする描写は最後のほうにちょこっと出てくるだけなのですが、「どうか表紙はカラビリエリの制服っぽい感じでお願いします！」と我がままを言っちゃいました。

そんなわけで表紙のふたりは制服姿なのですが、素敵ですねえ……！　リコは可愛いしジェラルドは格好いいし、ラフを見た瞬間、この感動と興奮をどこへぶつければいいのやらと悶絶しました。あー、眼福。幸せです。

石田惠美先生、素敵なイラストをありがとうございました！　かなり早い時期からラフ画を送っていただき、大変感謝しております。おかげさまで妄想が捗りました。

そして編集担当者Aさん、今回もお世話になりました。大変、大変お世話になりました。毎度お付き合いありがとうございます。

そして読者の皆様、ここまでお付き合いいただき、ありがとうございました。

またお会いできることを祈りつつ。

二〇二一年八月

松雪奈々

✦初出　誘惑クルーズで狙われてます……………書き下ろし
職場にて……………………………………書き下ろし

松雪奈々先生、石田恵美先生へのお便り、本作品に関するご意見、ご感想などは
〒151-0051 東京都渋谷区千駄ヶ谷 4-9-7
幻冬舎コミックス　ルチル文庫「誘惑クルーズで狙われてます」係まで。

RB 幻冬舎ルチル文庫

誘惑クルーズで狙われてます

2022年2月20日　第1刷発行

✦著者	松雪奈々　まつゆき なな
✦発行人	石原正康
✦発行元	株式会社 幻冬舎コミックス 〒151-0051 東京都渋谷区千駄ヶ谷 4-9-7 電話 03(5411)6431[編集]
✦発売元	株式会社 幻冬舎 〒151-0051 東京都渋谷区千駄ヶ谷 4-9-7 電話 03(5411)6222[営業] 振替 00120-8-767643
✦印刷・製本所	中央精版印刷株式会社

✦検印廃止

ISBN978-4-344-85005-7　C0193　Printed in Japan